可可西里传奇

姜耕玉 ～ 著

作家出版社

图书在版编目（CIP）数据

可可西里传奇 / 姜耕玉著. -- 北京：作家出版社，
2025. 8. -- ISBN 978-7-5212-3577-7

Ⅰ. I247. 5

中国国家版本馆CIP数据核字第2025K9X912号

可可西里传奇

作　　者：姜耕玉
责任编辑：宋辰辰
装帧设计：小贾设计
出版发行：作家出版社有限公司
社　　址：北京农展馆南里10号　　　邮　　编：100125
电话传真：86-10-65067186（发行中心）
　　　　　86-10-65004079（总编室）
E-mail:zuojia@zuojia.net.cn
http://www.zuojiachubanshe.com
印　　刷：唐山嘉德印刷有限公司
成品尺寸：142×210
字　　数：161千
印　　张：7.75
版　　次：2025年8月第1版
印　　次：2025年8月第1次印刷
ISBN　978-7-5212-3577-7
定　　价：49.00元

你们尸骨内部有一口钟

荒原上仍回响着黑夜之歌

即使那口钟枯萎了

还会用你们长长的犄角

点燃星辰

　　　　　——摘自作者诗歌《藏羚羊诔》

　　在我的想象中，可可西里是中国最大也是最神秘的无人区。从南缘唐古拉山脉到北缘昆仑山脉，一边有长江源头格拉丹东和沱沱河，源头之水冰凉清澈，带着自由狂野的天真，带着一片天籁之音，向人类流来；一边是中国古代神话与武侠小说描写中神仙居住、大师聚集的神山，它仿佛是天地交汇之处，具有控制天地万物运行的神奇力量。据《山海经》记载，昆仑方圆八百里，高万仞，是帝之下都，百神所在之地，又称昆仑虚。昆仑有九重天，西王母、九天玄妙都是九重天的大神。西王母居于瑶池仙境，人头豹身，由两只青鸟侍奉。西王母又是道教正神，坊间俗称"王母娘娘"。《西游记》中写到西天瑶池的王母娘娘举办蟠桃盛会，各路神仙都来为她祝寿，孙悟空化作赤脚大仙前来赴宴。姜子牙在昆仑山修行 40 年得道成仙，被元始天尊选中，携带封神榜下山，拯救天下苍生。李白有诗"黄河西来决昆仑，咆哮万里触龙门"（《公无渡河》），与其说黄河源自昆仑，不如说昆仑赋予黄河一往无前的磅礴气势。古人称夸父也是昆仑之神，有时我把夸父想象为昆仑之子，这样才称得上"追日"的大英雄。在武侠小说描写中，昆仑山更是仙乐飘飘，充满神秘感与神圣感。比如金庸笔下的昆仑派，因得力于高深的修行而具有超凡的能力。比如大侠受害遇难，必上昆仑山寻药，使英雄起死回生。以致民间故事中白蛇成精的白娘子为救情郎许仙，也是到昆仑山盗取灵芝仙草。如是种种，昆仑山使我年少时的想象力不再苍白。

昆仑山脉雪峰连绵、冰川横卧，其主峰布喀达坂峰（6860米）是可可西里的最高峰，与格拉丹东南北相望。可可西里的雪峰冰川、荒漠草甸、湖泊河谷，保持着千万年的原始寂静。神秘给予想象无限的可能。关于昆仑山是龙脉之祖的神话，蕴含于自然的神秘和灵气之中，只能在原始寂静的神秘和灵秀之气中得以隐身保存。

高寒无人区也是野生动物的天堂。据英国探险家罗林在1903年笔记中记载：几乎从我脚下一直延伸到我双眼可及的地方，有成千上万的母藏羚羊和它们的小羊羔，在极远的天际还可以看到很多的羊群像潮水一样不断地缓缓涌过来，其数量不会少于一万五千到两万只。这令我十分震撼。因为它们是可可西里的主人，才有如此任性的壮观而惊艳的场景。

源头清亮的水滴高悬于时间之上。水滴是坚强的，又是脆弱的，一如生长了千万年的草木和雪山植被，面对钢筋水泥与膨胀的物欲，不堪一击。在蒙古语里，可可西里意为"美丽的少女"。从江河源地与高寒的原始生态不可涉足来说，可可西里可称为"冻龄女神"。

0

那年走过青藏公路，我问起可可西里，藏族司机朝我看了看，指着西北方向说："那就是可可西里无人区，去那里的人，除了淘金，就是打猎，这些人与土匪、强盗，没有啥两样，步枪、机枪、炸药啥都有，你敢去么？"我以为司机夸大其词，但没隔一年见到一则新闻，吉恩嘉措在"野牦牛行动"中与盗猎分子枪战而牺牲，这才令我震惊，开始关注这一事件。

这一事件发生在 1994 年初。

曲珍曾收到吉恩嘉措的电报，上面只写着"一月八日上去"，她知道这份电报是别人代发的。她把电报压在吉恩嘉措办公桌日历旁的一沓纸片上，这已是丈夫去可可西里以后发回的第十二份电报。到了八日这天，曲珍带着两个孩子等待丈夫回来，但准备的饭菜凉了，也不见人影。曲珍一夜没睡着，她担惊受怕，天天守在县政府报务室。二十一日，县政府收到洛桑扎西从西海发来的电报："按约定时间，吉恩嘉措书记未到西海，可能失踪，带的粮少，可可西里雪下得很大。"曲珍害怕的事，终于发生了。县里派出紧急救援队，吉恩嘉措的妹夫巴桑旺杰在州上任职，也主动参与紧急救援行动。妹妹央拉和曲珍都朝吉恩嘉措失踪方面去想，仍对吉恩嘉措归来抱有希望。巴桑旺杰说了一句，不排除吉恩嘉措与盗猎分子发生枪战，你们要有思想准备。曲珍和央拉虽然像挨了一棒，但还是说，不会的，你们多带些干粮，细心寻找。两个女人了解吉恩嘉措，他心地仁慈，会善待犯错的人，不会与盗猎分子发生枪战。

巴桑旺杰随救援队找到太阳湖，雪已停，眼前是宽阔的没有尘埃的蓝莹莹的冰面与神圣的昆仑主峰布喀达坂雪峰。整个天地一片静穆，是那么久远，那么天真，那么和平安宁，令人亲近而又敬畏。巴桑旺杰走近湖边，看到几辆大卡车东倒西歪，车灯都被击碎，散落在地的藏羚羊皮子已被雪花掩埋，仿佛老天爷十分珍爱、垂怜大地上的生灵。吉恩嘉措手里握住那把有锈斑的 54 式手枪跪立着，也成了雪雕般的塑像。巴桑旺杰禁不住扑倒在地，泣不成声。他知道吉恩嘉措是为守护太阳湖、守护可可西里而死。只是不清楚咋就剩下他一人，暂时虽不能判定他是被盗猎分子打死的，但做过军人的巴桑旺杰，在意念上把吉恩嘉措之死，归罪于盗猎分子。夜晚雪地扎营，他在帐篷内久久合不上眼，在神志恍惚中，看见吉恩嘉措向他走来，吉恩嘉措虽然没有言语，但从他忧患而亲近的眼神里，明白自己应该做啥。他回到州府第二天，即递交洋洋万言的请战书，自愿从州府下到天河县，为继承吉恩嘉措的遗志而战。巴桑旺杰组建的野牦牛队，即取名自吉恩嘉措所献身的"野牦牛行动"。野牦牛队成员大多为藏族人，职员、牧民、退伍军人，还有改邪归正的盗猎分子，年龄小至十五六岁，大至五十多岁。野牦牛队六七十个人，没有经费，有的牧民赶着牛羊加入这支队伍。这支反盗猎武装队伍中每个人骨子里都恨盗猎行为，形成反盗猎的集体意识。

　　这年中秋，有一位精干的探险队员模样的青年来到天河县吉恩嘉措灵堂前祭拜。他久久望着吉恩嘉措遗像，然后把一盒月饼供奉在祭台。吉恩嘉措遗孀曲珍为他点亮一盏酥油灯，长条柜上摆满了酥油灯，都是从城市慕名而来的热血志愿者们点燃的，汇成一片光焰。曲珍一身黑色藏裙，脸色憔悴，打起精神，但仍掩不住眼里的悲伤。她叫来洛桑扎西，让他与这位青年聊聊。洛桑扎西止不住流着泪说："吉恩书记每次从可可西里回来，都要写报告呼吁对可可西里开展保护行动，但报告都是石沉大海，他只好自己去拼命。"曲珍急忙说："洛桑扎西有怨气，你别当真。"这位青年明白吉恩嘉措之死不会像媒体报道的那么简单。他皱着眉头，眼眶湿润，低头躬身向吉恩嘉措遗像深深拜了三拜，然后转身就奔赴战场。他从巴桑旺杰口里得知吉恩嘉措的生前愿望：在青藏公路边建立一个自然保护站，作为反偷猎的前哨阵地。于是，他开始四处奔波，筹资建立这座自然保护站。

　　我无意把野牦牛队与青年志愿者的故事讲下去，言归正传。

　　听说有一位民营企业家自愿出资在昆仑山口砌起一块石碑纪念吉恩嘉措，我来到这里祭拜。吉恩嘉措遗像由一张黑白标准照拓印在石碑上，他穿着西装，留着圆胡须，面带微笑，一副年轻藏族干部的模样。我在天河县见到说书艺人次仁旺堆，他称吉恩嘉措和他是一个牧场的，从小一块儿长大。他正准备说唱吉恩嘉措，开头几句唱词，从 2001 年冬天昆仑山口 8.1 级大地震说起：

霎时间天昏地暗，咔嚓一声昆仑开裂，轰隆隆雪峰崩塌，哗啦啦山体滑坡，屹立了千年的昆仑石碑，顷刻之间埋入泥沙，唯独吉恩嘉措纪念碑巍巍然纹丝不动，因为神赐吉恩嘉措"功盖昆仑"，因为苍天有眼，垂怜万民，这座碑是民心所垒啊。

次仁旺堆是游吟说唱艺人，看上去其貌不扬，听说他没有文化，但对《格萨尔王》史诗一百二十部却倒背如流，说唱起来口若悬河，神采飞扬，这颇令人感到神秘莫测。

我问次仁旺堆什么时候说唱吉恩嘉措，他自谦地笑笑，说还没有准备好。他答应说唱时叫我，我给他留了电话。这时恰巧洛桑扎西走了过来。这位与吉恩嘉措一道战斗过的"有功之臣"，还是个小伙。他中等个儿，一身牛仔服，戴着灰色宽檐毡帽，络腮胡子，颇有"高原牛仔"的模样，与穿着藏袍的次仁旺堆构成颇大反差。我惊讶他对汉语的准确把握，能说一口流利的普通话。我已电话约请过他，他一周后回天河县城，安排时间与我聊吉恩嘉措。吉恩嘉措一直在自己的家乡天河县内任职。

没想到与洛桑扎西一个照面，就有了电光石火般的灵感。在我的揣度和想象中，一个陌生的形象耀然目下，他不再是从纪念碑拓印照片上看到的吉恩嘉措。

高原的天气是孩儿脸，刚刚还是晴空万里，转瞬间乌云密布，七月天下起冰雹。就在我仓皇钻进车内时，恍惚听到讥笑声。冰雹很快停了，乌云仍在天空走动，四周无人，在空寂中，我看见另一个吉恩嘉措，胡子拉碴像个瘦老头；目光深邃，又像一个孤独的行旅者。他背着行囊，站在可可西里荒原上，目光疲惫而带有警惕。远处坡下几只藏野驴，听到风声就仓皇逃窜。那正是我观察和想象过的现场。他大概感到饥饿，坐下来掏出一块饼子吃，喝了两口水，然后点着一支烟，一边抽着，一边与我交谈，坦率真诚。尽管相距很远，但彼此都能听到。

　　墓碑、纪念碑只是活着的人的颜面。

　　你不一样，你是可可西里的灵魂。

　　那是你们想象的一个灵魂，我只是个俗人。

　　没有你就没有可可西里的现在。

　　可可西里这个"美丽的少女"已经受到伤害。

　　你能否谈谈先行者的感受？

　　我无意做先行者。其实能像父辈一样敬畏昆仑雪峰和可可西里这一片神秘自然，也不是一件容易的事。

　　你是官，毅然改变可可西里工委的既定目标，对可可西里由开发转为保护，就是先行。

　　但我明白自己是逆行。逆行注定自己一无所有，注定要甘受孤独寂寞，直至付出生命。

　　你有牺牲的思想准备？

　　无所谓有无，走到哪一步都有自身的逻辑。

　　你对盗猎分子怎么看？

　　没有他们就没有我。

　　很多人都不希望看到 1 月 18 日那场枪战。

沉默。

参与枪战的大部分盗猎分子已被抓捕或自首。

［他连续抽了几口烟］这些人都是想到可可西里发财的农民，家里很穷，与我以前一样，都是穷人。

［一列火车驶来，他警惕地站起］

有情况，好多辆东风大卡车？

不是，这是去拉萨的火车，青藏铁路刚开通。

唉，青藏公路沿线的草场已经沙化。

你最留恋可可西里什么地方？

［他不安地站起来］我要回太阳湖。

［不再回应］

我抬头看时，荒原上空无一人，只有纪念碑耸立着，吉恩嘉措遗像露着平常的微笑。我还找不出理由说幻觉中的吉恩嘉措与他是同一个人。

一周后，我去了天河。

这座高原小镇，海拔四千五百多米。通天河水净洁闪亮地流过，河滩开阔，青草茂盛，美丽的珠姆塑像耸立在左岸的广场上，右岸是镇街和民宅。贡萨寺金碧辉煌，位于远处东山坡上。若从高处俯视，天河小镇像一块棋盘，贡萨寺和四面青山都在俯视它。镇街两边旧式藏屋的檐顶，一律棕红色的佛像雕刻和彩绘线条。二十世纪六十年代以后砌的商店、饭馆、学校、政府办公场所等，大都是平房、筒子楼。八、九十年代，对简陋的平房做门面改造，以融入镇街的藏式风格。个体经营户的门面房，屋檐上都有几笔简单的藏式线条，店名也用藏、汉两种文字。小镇贫穷，没有工业没有高楼大厦，倒也保留了简单质朴的自然格局与祥和氛围。头顶天空很蓝，也很低，孩子们天真地问阿妈，山头会不会把天顶破？阿妈说，别瞎说，那是天神宠爱山川，垂怜众生。

我从镇上逛了一圈回到旅馆，接到次仁旺堆的电话，邀请我和洛桑扎西听他说唱。于是，我和洛桑扎西先去了吉恩嘉措的故乡洛原。七八个人围坐在十八座神山的草地上。十八座神山在唐蕃古道一侧，因为格萨尔来过，这里的牧民都尊崇十八座神山，次仁旺堆会娓娓道出每一座神山与格萨尔相关的故事。这天次仁旺堆穿着玫瑰红的藏袍，露出衬有金黄色内袍的右肩膀，发顶扎一道红巾，鲜艳的服饰与脸上黑黝黝的肤色，显出较大反差。次仁旺堆称关于吉恩嘉措的说唱还没有编好，今天只是试说开始部分，征求领导和文友的意见。

贡萨寺宗吉大师也来到现场，他穿着大红僧袍，胸前挂满佛珠，两手抱住膝盖，端坐在草地上，认真听着，时而双手合十，为升入天堂的死者祈福，时而默念六字真言，为现世众生祈祷。

次仁旺堆背着长柄六弦琴，两位文友和洛桑扎西给他献的哈达，挂在胸前。他一边弹奏，一边说唱。

我听不懂藏语，但仿佛看见有一种无声的语言在他那红巾与洁白的哈达上面滑动，缓缓从周边的草叶、山石上滑动，然后飘向辽阔的嘉洛草原。从十八座神山到通天河，大片河谷滩地牧草繁盛，溪流淙淙。这里一万年都是这样，时间仿佛停留在清亮的草叶上。它让我感到吉恩嘉措站在这里，仿佛站在时间的河岸，历史如过眼烟云，时间之河仍在向前流淌。如果有一天危情传来，出场的人注定了自己格萨尔式的不平凡的人生，一如走在时间之维。

我在一片天籁中，感受次仁旺堆的说唱，想象他如何照着说唱昆仑山口地震中吉恩嘉措纪念碑不倒的风格一路说下去。次仁旺堆说唱没有脚本，可是他说起吉恩嘉措的故事，没有像说唱格萨尔王那样口若悬河，变得经常打结，有时停顿两三分钟，好在有布谷鸟儿灵巧地帮着他圆场。也许他措辞谨慎，对众人熟悉的人物和事件，不敢随意发挥。我根据洛桑扎西的翻译，略作修改，融入本书叙事，开启吉恩嘉措的故事。

1

嘉洛草原是珠姆的故乡。相传公元一千多年前的隆冬，雪山之巅舞动起雪狮，罕见的雷声带着花香的雨点滋润大地，一条缤纷的彩虹跨过冰封的尼洽河，美丽的姜钻花静静地舒张开它的花瓣，一只翱翔于苍穹的雄鹰轻轻降落在黑色帐篷的天窗前，迎候这位旷世美女的降临。森姜珠姆一出场就注定一部伟大的史诗铺展在她的前方。姜钻花年年绽开美丽的花瓣，翱翔的雄鹰轻轻降落在帐篷天窗前，期盼一睹美人的芳容。布谷鸟不停地鸣叫，是吉祥的祝福，迎来草原浓郁的绿色。银湖是嘉洛草原的眼睛，留下珠姆梳洗打扮的身影。银湖北岸平台上有一盆地，形如圆盆，深一米，直径两米，水温30℃，相传是珠姆成为格萨尔王妃之后，佛祖赐予珠姆的浴盆，后来称为珠姆池。

先祖们涉足嘉洛草原，何等惊喜。于是，不断有牧人来到这里，一部分牧人驻扎下来，繁衍后代，就有了现在的洛原乡和天河县，也有了嘎嘉洛文化。星星点点的黑白相间的毡房，是神的赐予，宛若延续了千年的黑白莲花。

次仁旺堆从八岁开始说唱格萨尔王，无论走到哪里总有一大群孩子跟着。放羊娃们骑牛犊，只有次仁旺堆骑马。那个瘦小的孩子叫吉恩嘉措，拽住牛犊，他有些傲气，听完格萨尔王的故事，就不愿再跟随次仁旺堆。他天资聪明，听了一遍就能全部记住，并讲给别人听，妹妹央拉是唯一的听众。

吉恩嘉措五岁就没了阿妈，和阿妹跟随奶奶住在阿库①的帐篷内。帐篷是阿库用黑色牦牛毛编织成的，冬天暖和。帐篷内面铺垫着用羊毛织成的氆氇，四周堆着盛放酥油的白色牛皮袋，还有捆绑被褥毛毡的羊皮绳。每逢春秋季节，阿库要赶着牦牛和羊群向草木茂盛的地方迁徙。小时候吉恩嘉措盼望迁徙，因为每逢迁徙，他和妹妹就可以坐在大牦牛驮着的两边摇篮里，听着坐在马背上的莫拉和阿库，唱起快乐的歌谣。几只藏獒与马一道跟随着主人欢快地奔跑。路边毛茸茸的棕熊直立起来欢送，布谷鸟立在篷杆上、摇篮上，鹰隼在空中盘旋，然后向着

---

① 藏族语言中莫拉、波拉、阿库，分别指奶奶、爷爷、叔伯。

它们要去的方向飞去。他喜欢与鸟兽为伍，与它们很亲近。他看着立在身边的布谷鸟，多么希望布谷鸟与他同行，当布谷鸟抵挡不住风而被落下时，他责怪风赶跑了自己的朋友。

阿库头顶发辫上用黑色或红色的丝线盘起结，七岁那年，他明白这是康巴男人的"英雄结"。他还看到阿库把红布条系在马的脖颈上，让它在奔跑中像旗帜一样飘扬。他盼望长大后也系上英雄结策马奔驰，让美妙的铜铃声传得很远。

吉恩嘉措从小崇拜格萨尔王。他趁阿库出去时，以铝盆当银盔，以阿库的白褂子当白袍，拿一根白绳子当银鞭，在帐篷内手舞足蹈地模仿格萨尔王，逗得阿妹笑个不停。兄妹俩失去阿妈之后，吉恩嘉措时时带着阿妹。

他领着阿妹走向每一座神山，兴致勃勃地寻找格萨尔王的足迹，添枝加叶地讲述心目中的大英雄。有一座神山，山脚下一片葱茏，他说这里是格萨尔王的白色神马驻足的地方。山上岩石峥嵘裸露，他说是我们祖先在争先恐后地挤着看白色神马，如今构成一圈圈古拙的石头长廊。他带着阿妹站在山前，虔诚观看。他悄悄说，阿妹，石头朝我俩微笑哩。央拉顺着阿哥手指的方向，看不出石头的笑来。

他说："你臆想它笑，它就笑啦。"

阿妹问："它看见过阿妈吗？"

他说："当然见过，石头见过咱们的祖祖辈辈。"

阿妹问："石头会说话吗？"

他说："当然会说话啰。"

阿妹着急地说："你让它告诉我们阿妈的模样呀。"

他知道石头不会说话，就拉着阿妹离开这座神山，央拉却哭着叫阿妈，他鼻子一酸，也流下泪来。

1968 年，次仁旺堆被抓了起来，吉恩嘉措不再提格萨尔。阿妹一直闹着要去十八座神山看阿妈，阿哥说次仁旺堆被抓，不能再去那儿。以前我给你讲的，都是编的。阿妹不依，他说就冒险带你去一次，以后不再去啦，阿妹点头答应。在夜幕降临以后，兄妹俩偷偷来到神山。

十八座神山空荡荡的，大团大团的夜色很快漫过山梁，一座座神山变得黑魆魆的，令人害怕。央拉不敢再向前走，他壮着胆说，既然来了，就不要退缩。他拉住阿妹走到那座神山前面，站住。阿妹抱住他，也不敢出声喊阿妈。他说："山上有祖先显灵，不能当真。"阿妹却冒出一句惊人之语："阿妈经常到这座山前来，祖先们也会到这座山前来，这座山自然就记住他们了呀。"吉恩嘉措一想，是呀。他仿佛听到十八座耸立的山峰，以至整个烟瘴桂山脉都发出一个声音：我们已经站立了亿万年，人类不过是匆匆过客，十八座山见证着你们的祖祖辈辈。你们的祖先无不敬畏和亲近高山大川，高山大川才成为人类生存和生命延续的怀抱。如果你们无视山川大地、草木鸟兽，最终受惩罚的是你们人类。十八座神山因你们祖先敬畏与对大地和平的期盼而具有神性，难道这有什么不好么……

这一年，吉恩嘉措上大学放假回来。次仁旺堆已回归正常生活，开始牧委会安排他和妇女一起剪羊毛，因为他笨手笨脚，剪的毛茬高低不齐，牧委会就让他去屠宰场做下手。次仁旺堆刚收工洗完手出来，遇到吉恩嘉措，他穿着中山装，举止表情也与以前不同，毕竟在读大学。他第一句话就问："你对说唱，没有忘记吧？"

"不，不不，不说了！"次仁旺堆吓得面部肌肉抽搐。

吉恩嘉措说："害怕啥，你有说唱才能，不能丢掉。"

次仁旺堆也觉得不说唱格萨尔王，自己就成了废人。

吉恩嘉措见提不起次仁旺堆的精神，就向他透露说："大学图书馆里还保留着《格萨尔王》史诗这套书。藏文与汉文两个版本都有，我把两个版本对照着看，正好学习汉语。你知道么，我花了一年的时间，终于把它看了一遍。"

"你真的看到这神书了么？"次仁旺堆禁不住脱口而出。

"嘘……"吉恩嘉措让他小声点儿，"当然，一百二十卷，一百多万诗行，两千多万字，摞起来像堆小山。"

"大学里允许看？"

"咳，参照着学汉语，没人管。"吉恩嘉措声音又大了起来，"口耳相传也是一种本领，次仁旺堆，不要把自己的特长丢了。"

次仁旺堆感激得直点头。

过年，牧委会老主任说儿子回来，约次仁旺堆去喝酒。次仁旺堆知道老主任说的儿子就是吉恩嘉措，老主任续弦之后又生了四个娃，逢年过节，吉恩嘉措会过来看看阿爸。那天老主任把自家的一头牛宰了，晚上摆出三桌。桌上可热闹啦，喝了一箱子酒。吉恩嘉措喝多了，醉话连篇，弄得老主任很难堪。

次仁旺堆在说唱的开场白中免不了也奉承几句："通天河啊，翻银波；达瓦啊，你把牧民领上了富裕之路……"吉恩嘉措打断次仁旺堆的话，问："有几家富裕了？你家富裕了么？"次仁旺堆被他问得说不出话来，愣了几分钟，桌上十几个人都不说话。

吉恩嘉措又说："所谓富裕，过年起码家家户户都吃到牛羊肉，都买得起白面、烟酒、红枣、茶叶，老老小小都穿上新衣裳……可是，我们过年的白面，还是国家救济的，这叫富裕么？"

老主任坐不住了，冷着脸说："你做教师的只会耍嘴皮子，让你来干试试。"

吉恩嘉措却说："这牧委会主任，我还不干哩。我从小吃不饱肚子，就恨当干部的，就不想当官。"

老主任听了，脸上打着笑，对大伙说："小子酒喝多了，咱们吃。"

吉恩嘉措说："我没有醉。我和阿妹很早失去阿妈，牧民们可怜我们，从小不懂事，肚子饿得慌，谁给我们东西都吃，这叫吃千家饭。我感谢可怜我们的好心人，但长大了，就感到心里有愧。"

他又端起半碗酒，咕咚咕咚喝完。

吉恩嘉措对阿爸一向很孝顺，就这一次他和阿爸互撑起来，那时他年轻气盛，不甘心受穷。

次仁旺堆也是多嘴，问："让你当乡长，干么？"

吉恩嘉措信誓旦旦地说："等我当了乡长、县长，一定要摘掉贫困帽子，让乡亲们过上好日子，去掉内心愧疚。"

俗话说"酒后吐真言"，吉恩嘉措很早就有改变家乡穷困面貌的志向。八年之后，他果真回到洛原当乡党委书记，这一年冬天恰恰是洛原乡遭受了特大雪灾，牧民的牛羊几乎全被冻死，房屋差不多都倒塌了。

于是，次仁旺堆在说唱中插有这样一段：某月某日晚上，西天呈现一片祥云，十八座神山中升起一道亮光。吉恩嘉措不是凡人，天降大任于是人，会给洛原的父老乡亲们带来吉祥。没过半个月，吉恩嘉措约见次仁旺堆谈了一刻钟，批评他在说唱中穿插段子的事。吉恩嘉措给次仁旺堆泡了一杯绿茶，次仁旺堆还是第一次见到绿茶，只顾看着玻璃杯内开水泛出淡绿色，一粒粒茶伸展出鲜嫩的芽尖和叶片。吉恩嘉措问他看出啥名堂。

次仁旺堆木讷地坐着。这时的次仁旺堆与滔滔不绝、口若悬河地说唱的次仁旺堆，完全是两个人。

吉恩嘉措指着茶杯里的绿芽，说："只要我们心内有这绿色，洛原乡的茫茫雪地里就会生出绿芽。"他脸上露出几丝自信的笑。

"嗯，对嘛。"次仁旺堆也变得活跃起来，端起杯子呷了两口。

吉恩嘉措又说："这些年，你历练了不少，牧民们喜欢听你说唱。"

"咳，是神在发挥作用，我是神授说唱艺人。"次仁旺堆仍坚持是从小梦中曾得到格萨尔大王的旨意，背了一大堆经书，又受了活佛洗礼，而开启了说唱格萨尔的智门，从此便会说唱了。

吉恩嘉措知道牧民们都是这么看，一笑了之。这时有人来找他，他握住次仁旺堆的手，说："下次再与你探讨这个问题。不管怎样，《格萨尔王》史诗要靠你这样的说唱艺人传承下去哩。"

离开十八座神山，洛桑扎西就与我聊了起来，他亲切地尊称吉恩嘉措为吉恩。他和吉恩是一个乡的，吉恩还做过他的中学老师。吉恩受命于危难之际，整天骑着马奔波于牧场、毡房。一天，洛桑扎西在路上遇见吉恩，吉恩勒马停住，说："洛桑扎西，你猜我去了哪里？"没等洛桑扎西回答，他掰着五个指头说："到了与西藏挨着的杂曲牧场，骑了十五天。"洛桑扎西问："跑这么远去干啥？"吉恩说："考察调研嘛。"他在为灾后重建做构想，并说州上领导要下来考察，听取汇报，因时间紧，准备抽调人帮助整理材料，问他愿意不愿意，洛桑扎西中专毕业回来干邮政，想调到乡政府，当即就答应了。

我让洛桑扎西就从这个时候谈起。他稍停顿一会儿，就进入回忆之中。

2

一排用石块和黄土垒起的房子，就是洛原乡政府。旁边不远处牧民住的土坯房，大都是灾后砌的，有些牧民仍住帐篷。吉恩从可可西里骑马回来，在路上跑了两天，不见疲惫，满脸容光焕发。我为他沏了一杯热茶，他捧着杯子，站着看墙壁上的地图。这是一张省地图，几天前，我刚从州里买回来，吉恩还未顾得仔细看。这时他拿了支铅笔，在地图上画出可可西里隶属洛原乡的范围，自言自语：

"别再说洛原小，它有五万平方公里在可可西里，比一个县还大哩。"

"是呀，可可西里有丰富的矿藏。"我以为吉恩在和我说话。

一个月前，在自治州政府召开的三级干部会上，王利国书记听了吉恩关于洛原乡灾后重建，尤其是以经济开发为主导的基本思路，很感兴趣。会后，王书记拍拍他的肩膀说："有想法，别忘了，可可西里在版图上属于洛原乡，你可以去看看。"这一阶段，我跟着吉恩跑牧区，他给我讲了思路，要我把调查材料进行综合，要拿出一份切实可行的灾后重建与经济开发的报告，等州上王书记来乡里考察时汇报。

我又灌满一壶水放在炉子上。接着坐下来打开笔记本，等待吉恩把去可可西里考察的情况告诉我，补进报告稿里。吉恩坐下，点起一支烟，翻阅我写出的初稿。

突然电话响了，我去接，是县委办公室电话，通知说州上王书记来我县调研，因时间紧，这次不准备去洛原，让吉恩明天到县里汇报。我刚向吉恩说完县委通知，电话铃又响了，我接了电话说："老师，县委罗追书记找您。"吉恩接过话筒，我也听着。

罗追："洛原乡资源开发的调查报告准备好了吗？"

吉恩一愣，经济开发咋变成了资源开发？但他还是说："差不多了。"

罗追："利国同志对资源开发的构想很感兴趣，这次他是直奔这一主题而来。县里安排重点由你向利国同志汇报，今晚派人先把调查报告送来。"

吉恩："我们刚从牧区调查上来，准备开夜车整理出报告。"

罗追："哎，你没有去可可西里考察吗？"

吉恩："去了。"

罗追："老吉呀，你一定要抓紧，不要因为利国同志不去你们乡，就松懈下来。这样吧，我向利国同志说一下，安排你后天上午汇报，明天晚上赶来就行。"

吉恩："放心吧，时间不用变了。我们明天起早赶过去，把调查报告先送给您审一下。"

他放下电话，沉默不语，直到我问报告咋改，他才说要改变思路。这就推翻了我写成的初稿，要重起炉灶。吉恩见我有抵触情绪，说："时间已容不得我们思考，就按上面意图写吧。"他让我买了香烟与方便面回来，两人分工协作，熬了个通宵，烟灰缸里堆满烟头。稿子打印出来，天还没有亮，吉恩上了吉普车，我背着一大包材料跟着，准备根据罗追书记的意见，再做修改，重新打印。

我第一次看到吉恩乐此不疲地执行上级意图，坐在车上开玩笑说："老师，王利国书记拍你的肩膀，当时有啥感觉？"

他也笑着说："如沐春风呀。"

我又补上一句："平步青云呗。"

他说："你夸张啦，没有那么快。"

吉恩年轻有为，眼睛里灼灼有光，这时太疲劳，很快打起呼噜。我们在路上眯了两个小时。

罗追五十多岁，个头不高，胖胖的，穿着中山装。他见到吉恩，就把手头文件搁到一边，捧住调查报告仔细看起来，时而用笔勾改，时而提出来与吉恩磋商，尤其让他感到不足的是，对于可可西里矿产资源丰富的陈述，没有展开，只提到金矿和盐湖的卤虫，显得单薄了些，提议把矿源品种补齐补足，要足以说明"矿产资源丰富"。吉恩点头应诺，不便解释关于可可西里矿产资源的资料很少。罗追刚把这一页折叠起来，秘书走进来说利国书记已到。罗追不再往下看，交代吉恩再好好斟酌一下，重点围绕资源开发补充材料，做足文章，要跟上形势，突出开拓精神。他一边说一边戴上藏青色呢子帽，准备去县委招待所看望利国书记。吉恩应诺着站起来，和我先走了。

已过了下班时间，我在门口等着。汇报会刚结束，吉恩从楼里走了出来，县委二楼常委会议室里亮起灯光，州委书记王利国仍在与罗追交谈。吉恩提着鼓鼓囊囊的皮包，包内除了文件、笔记本、书、香烟、刮胡刀，还塞有换下的衣服，皮包拉链都被挤爆了。当然，拉链也不是这次挤爆的，我已帮他去修理铺换过一次拉链，可是没过一个月又被挤爆了。平时，他不修边幅，只记着身边不能没有香烟。

他从包里拿出烟盒，我给他提着包，陪他走了一段。走在熟悉的街上，夕阳抚摸着他那疲乏的脸庞。他说累了，想搁置一切，回家好好睡一觉，但大脑又平静不下来。

在下午汇报会上，他与利国书记面对面坐着，这是一次难得的与州委一把手领导接触的机会，潜意识里也是要好好表现自己。领导对他的汇报很满意，比如，他说到"不能把眼光老盯住牛羊，要走出封闭式的传统经济模式"时，领导插话说："吉恩这个观点很好，很值得我们各级领导同志深思。什么叫解放思想，这就是解放思想。"吉恩外表平淡谦虚，心中也是荡起几分波澜。王利国饶有兴趣地读着报告里的一段话:"可可西里矿产资源丰富,据初步勘查,有金、银、铜、铁、锌、宝石、水晶、石棉、芒硝等,还有盐湖里的卤虫,食用价值很高,是稀有的出口产品。"吉恩当场有些紧张,因为这些矿产是我根据罗追书记的要求添加的,并非都有可靠依据。吉恩告诉我,利国书记明确要求把洛原乡报告的思路变为全县脱贫致富的思路,把资源开发直指可可西里,提出"变资源优势为经济优势",要求县领导班子统一思想认识,尽快议出一个实施方案报到州政府。罗追书记随即表态要落实利国同志的指示,并把"变资源优势为经济优势"定为天河县的经济发展战略。

吉恩只觉得自己一下子被推到了高处,他和州县主要领导站在一道,自然有与往常不一样的感觉,或许踌躇满志,领略到了无限风光。只是剩下他一人时,又感到茫然。他对可可西里还很陌生,下一步由谁带领人员去可可西里,从县领导班子中还排不出合适人选。他仿佛听到一个声音:去可可西里资源开发,非你莫属。他有些自负,又感到压力很大。因太累了头脑不管用,不允许他想得太多。

3

我第一次到吉恩家里,是他搬进新宅之后,他穿着一身旧衣服,正在院子里测量着要砌什么。我见他忙着,准备站一会儿就走，他却留住我，带我参观新房与院子里的水井和树木。

这是一座普通藏宅院落，其特别之处，出于吉恩超常的构想。厢房与正屋连在一起，回廊通透，用了双层玻璃，既采光保暖，又防尘防沙，木板框架和顶部天窗是藏式雕花。正屋红漆柜子上面摆放着许多大小酥油灯，墙壁上挂着一幅天河镇全貌的摄影框，在画面的上空悬置着森姜珠姆的画像。一侧是客厅，客厅正面是一溜壁橱，壁橱里陈列着众多佛像与各式藏式器具，还有照片和获奖证书。电话机搁在一侧茶几上，是公家为县上局长级别以上领导干部配置的。壁橱与光亮的玻璃廊窗平行，不开灯也敞亮。我赞不绝口，他却说也有不完善的地方，带我走进另一侧的两间卧室，指着屋顶说，准备学洋房吊个顶，四周和顶部仍是藏式雕花，这样既保暖又保持藏式住宅风格。我只觉得吉恩接受新事物快，他所做的不是一般人能够想到的。

院子里有一棵树，枝繁叶茂，我看着发呆，加吉博洛格镇上没有这样的绿树。吉恩带我看一口井，是旧井改造的，他得意地称为天然冰箱。井下砌了石槽，夏天储藏肉类与酥油，井水里有两条鱼游动，我以为是养着吃的，他说鱼是清洁工，保持水源流活。我问测量地是不是要砌房子，他说是阳光房子。我蒙了，啥叫阳光房子？他笑着拍拍我的肩膀说，要长点见识，这叫温室。我愣着，他只管说高原寒冷风大，挨着向阳的院墙，往地下掘了个坑，向阳的一面一半露出地面，以保证玻璃棚采集足够的阳光。墙壁由泥巴、石头和枯草黏糊而成，玻璃棚用铁管拴牢，以防被大风刮坏。他讲得认真严谨，像是在论证温室的设计理念与建造方案。我由发愣到咋舌，幸而他没有朝我看。

"我要试试，土法上马，把不可能变成可能，奇迹总要有人来创造。"吉恩看着我，一脸自信。

我连忙点头说："嗯，准能成。"

"你别奉承，凡是知道我要砌温室的，都表示怀疑，雪域高原咋可能有温室？"他让我坐下来，自己点起一支烟抽着，给我讲他早已有这个想法。

他在大学毕业前，曾去河东农村实习。他看到村上大多人家院子里都长有花木和蔬菜，一片绿色和花香，羡慕不已，心想将来有了小家庭，也要在院子里种上绿色植物。房东知道他的心思后，一家人在一起议论，高原上冰天雪地，咋能长起花木蔬菜？他仍说试试，心里却想着要把不可能变为可能，雪域高原与黄土地都是同一个太阳。

他结婚后筹钱砌房，心中的绿色意念仍在骚动，先是得到州上朋友帮忙，移植来一棵青杨树。他在院子西侧刨了很深的坑，然后垫一层厚厚的保暖的草屑土，在外围垒起土坡，终于使青杨树扎下根来。他喜欢这棵青杨树，把它和温室里的蔬菜视为一体，是雪域高原上的一点绿色。他内心明白，青杨树在他家院子里长得茂盛，可能有偶然性机缘，而温室才是自己弄出来的成绩。砌温室，不仅要有切合高原地质、气候和日照的设计，而且玻璃构架材质不能太差。吉恩站起身，领我进屋喝茶。

星期天，夫人曲珍和两个孩子都在家。曲珍一边打着毛衣，一边看着两个孩子做作业。吉恩给我拿杯子倒茶，然后抱住自己的杯子喝了两口，又摊开一堆资料和图纸，看看画画。

"歇歇吧，生怕闲着，没事找事。"曲珍抱怨中有欣赏。

吉恩聚精会神地看着，思考着，像没有听到她说话似的。

曲珍看着我说："你的老师一钻进纸堆就出不来。"

我说："师母，老师在做前人未做过的事。"

"没事找事，所有时间投上去不算，还要花好大一笔钱，砌房借的款还没还清，这样背债到哪一天呀？"曲珍唉声叹气。

我不便再插嘴。

吉恩还是发声了："我不止一次向你解释过，也说服不了你。好吧，今天中午我上灶烧几个菜，让你开心。"

"谁要你上灶的……"曲珍笑了。男人多才多艺，做什么事情都行，她感到欣慰和骄傲，也会在朋友圈子里炫耀一番。

两年后，吉恩的土法子设计方案酝酿成熟，筹款动工。温室砌成后，我怀着好奇心登门去看了。嚯，奇迹真的创造出来了。温室三面埋在土里，只见朝南的玻璃棚像露出的一张灿烂的脸，阳光透过玻璃直射进来，室内温暖如春。菜园湿润润的，叶子舒展。

这天也是休息日。吉恩在温室内忙活了一阵，正坐在坎上抽烟，怡然地看着这一片菜畦，像是在欣赏自己的作品。

他见我惊喜不已，说："刚立夏，菜苗长得很快，一天一个样。"

我看三小块地，一畦是白菜，一畦是萝卜，还有一畦是黄瓜，白菜秧已长成大棵，黄瓜秧绿莹莹的，烂漫伸展。

他又高兴地说："过不了几天，黄瓜秧就结果啦，洛桑扎西，到时叫你来吃黄瓜。"

我说:"这可是天河的大喜事,我们吃到了自己种的黄瓜。"

他兴奋地说:"别声张,人来多了,咱自己就吃不上啦。"

我想,别说砌温室不容易,在这地下面种菜也不容易。吉恩和我们一样,从未种过地,松土、施肥、浇水都是从头学起。我在温室外面就见到一根很长的水管从水井口拉过来,一直伸向温室内的菜畦。我感到吉恩头脑灵活,总会想出与众不同的办法,把事情做到极致。

"老师,你咋学会种菜的?"我不禁问。

"找不到师傅,就靠书本,书本是我的老师。关键要善于把书本上讲的变为我们高原的实践。"

"嗯,老师想成为高原种菜第一人么?"

"没有这个野心,只是天生有绿色控,经营个人的一小片天地。"他停了片刻,接着说,"据我所知,藏东山清水秀,夏季早有人家在地面种菜。"

我一时没有话说。

"不能再不务正业啦。"他掐灭烟头。

"谁说不务正业?"

"这还用别人说么?这两年搞这个新玩意儿,分散我很多精力,同事和顶头上司以为我没有被提拔,变相闹情绪……咳,真的提拔了我,我哪有时间搞这东西。"吉恩嘴角挂着些笑。

我感到他心内并不舒坦。他没把我当外人,我不知道咋说妥当,便低头听着。他却站起身来,向前走了两步,蹲下,用手指轻轻拂去落在黄瓜叶上的烟灰,然后立起身说:

"我呀，天生不安分，记得从小听说山外青山楼外楼，就爬上山顶眺望远处更高的山，成年以后才懂得新的美好的东西，是靠自己奋斗和创造的。这几年，我不讳言自己在经营小家庭，但我在尝试中，每成功一项都感到莫大的兴奋。我想所谓时代的脚步，总是朝向新鲜和未知，钟情于那些默默干着陌生事业的人。"吉恩摸出烟盒，烟盒已空，他把它攥成一团，话语也打住。

我感到吉恩最后一句话很有哲理，但成就事业的毕竟是少数人，以至于我都没有把吉恩列为这样的成功人士。后来吉恩再没有说过类似的话，我只是想着如果当时烟盒里有烟的话，说不定他还会迸出些思想火花来。

天色暗下来，棚内亮起电灯。吉恩拿起喷洒壶给黄瓜秧浇水，笑着说："待在温室里其实是一种休息和享受。"

"你尝试已成功，工作重心应该转移啦。"我还想着有人说他不务正业。

"但这里总要有人打理。"

"让师母替你干嘛。"

说曹操，曹操就到。曲珍抱着旦增来到温室口，嗔怪说："成仙啦，地窖成了你的家啦？"

"我已跟你说过多次，不是地窖是温室。"吉恩大声叫着。

这时我主动提出来帮他打理小菜园，吉恩高兴地答应了。

走出温室，他接过旦增，曲珍替他掸去身后的灰尘。她身材瘦条，穿着印有红花的黑羊毛衫，系着围裙，挺好看。吉恩问今晚炖羊肉了没，曲珍捶了男人一下说，炖了一锅哩，但不准你喝酒。

这天吉恩留下我吃晚饭。曲珍端出一大盆香喷喷的羊肉，吉恩想和我喝两杯，或许因为曲珍已事先吹了风，他用手指着藏酒的柜子，希望夫人批准，拿出酒来。曲珍只是瞪了他一眼，他也就作罢。没有酒吃得快，曲珍频频向吉恩和我的碗里头夹肉块，我很快吃饱。吉恩还没有丢下筷子，曲珍已招呼他收拾桌子，自己去安顿睡眼蒙眬的孩子。我帮吉恩收拾完桌子，他让我去沙发椅上坐一会儿，喝茶，我不想再待在这里做灯泡，就向他和夫人告辞走了。

4

吉恩留住我修改报告。第二天上午，我跟随多吉来到他家里。多吉是县委办公室副主任，主任刚退居二线，暂时由多吉主持办公室工作。

清晨刚升起的太阳把青杨树上无数绿币似的叶片照得油光闪亮。吉恩吃完早饭，在院子里走动，目光被绿叶牵动着。

一阵风吹得青杨树叶唰啦响，树上立着一只鸟，随着树梢轻轻摇摆。吉恩很少看见有鸟在树上停息，正看得入神，突然听到有人叫他，他知道是多吉，便转过身。我和多吉走了进去，院门开着。

"你今天心情不错呀。嚯，这树上还有鸟，吉祥鸟呀。"多吉站住说，他和吉恩是大学同学。

"有啥吉祥，鸟是恋着我家这棵绿树。"

"你家有这棵绿树，才有鸟恋呀。"多吉满脸堆笑，和吉恩一道看着立在枝梢上的鸟儿。

吉恩请客人进屋，多吉仍在说："天河的鸟少，就你家一棵绿树，把鸟引来，说明你这儿人杰地灵。"

曲珍已站在门口，我和多吉与她打招呼，进到客厅。

吉恩和多吉在铺有羊毛毡坐垫的长椅上坐下，我坐在一侧单椅上。曲珍捧来三杯热奶茶，摆在茶几上，并叫多吉主任喝茶。

多吉端起杯子，看着曲珍说："你应该高兴呀。"

曲珍说："有啥高兴的，他成年累月在乡里，都忘了家。"

多吉笑着说："快上来了。以后办公室工作还要请吉恩书记关照哩。"他转向吉恩："利国书记对你很器重。他欣赏你的才干和见识，尤其是在洛原遭灾之后，不气馁，知难而上的精神。罗追书记也在一边说你的好话……看来天河县经济资源开发的重任已落在你肩上，祝贺，祝贺呀！"

吉恩神态平和，只是说："天河县经济资源开发，比洛原乡灾后重建工作要复杂得多。"

"当然。这项工作不是所有人都能胜任的，所以领导看中了你，"多吉凑近吉恩耳边小声说，"利国书记随即给州组织部打了电话，要求尽快把你的考察材料拿到常委会上。按常规，提拔干部，从考察到任命，至少也得半年时间，看来你属于突击提拔一类。"

吉恩说："据说每年都有一两万人涌入可可西里淘金，地盘被别人占着，利国书记能不着急么？"

"哦……是呀。"接着，多吉说了罗追书记对吉恩工作的重视，"你需要用哪位秘书，都可以。"

吉恩说洛桑扎西熟悉情况，就他吧，办一下调动手续。

"放心，这事我亲自办。"多吉向吉恩保证，又对我露出笑来。

吉恩做事认真，一旦投入某件事情之中就出不来。他制定经济资源开发的方案，着眼于实施，而实施首先依赖于组织权力。因而他考虑去可可西里搞资源开发，需要有个集党政一体的组织形式，才能名正言顺地去开展工作，他把这个组织拟名为可可西里工委。

我说："可可西里工委书记，很可能就让你担任啦。"

吉恩说："这是组织上的事，我们只管将方案做完整。"

我说："不设可可西里工委，也会有县领导同志挂帅。"

吉恩说："那叫分工负责，分管领导不会一直在现场。报告中提出设立可可西里工委，明确工委书记是带队的，与成员们一道去可可西里，这样才能保证资源开发顺利进行呀。"

我眨了眨眼，频频点头。

果然方案报到州上以后，州委又让县里单独打了一份成立可可西里工委的报告。其实在方案上报之前，吉恩向利国书记打电话说了这一想法，王利国当即表态，认为成立可可西里工委是一项扎实的举措，并要他着手准备，尽快带队进入可可西里。吉恩已有去可可西里的心理准备，在电话里表态坚决。

一个月后，任命下来，吉恩被提拔为天河县委副书记，兼任可可西里工委书记。

5

周末，吉恩接到多个聚餐邀请，有两个电话打到我这里，我告诉他，他选择了妹夫巴桑旺杰家里。对于同学、同事方面的邀请，他一一婉言谢绝，说"应该是我请你们，改日再聚"，明白人都知道这是推托之词，事后他也没有想着要与他们聚聚。他待人接物一向是这种不冷不热的态度，各方面关系若即若离。但与巴桑旺杰喝起酒来，又是另一副模样。

这天下午已快六点，利国书记的秘书打电话来问，可可西里工委成员是否落实，什么时候去可可西里。多吉要我立即转告吉恩，我就找到巴桑旺杰家里。巴桑旺杰是县公安局的副局长兼中队长，住在公家的筒子楼宿舍，外间摆着一张吃饭桌。我走进屋内，晚餐已开始，他们留我一道吃饭。

巴桑旺杰的妻子央拉煮了一锅羊肉和一锅牦牛肉，白菜、土豆都在肉锅里。我进屋后，看见顿珠抱住一盒点心，才丹也哭着要，央拉来到桌前，立马打开点心盒，分了一半给才丹。吉恩对小儿子才丹说，这是给阿弟买的，你回家再吃，好么？才丹听阿爸的，点点头，把点心都给了阿弟。我听央拉说过，吉恩对生病的外甥特别怜爱，每次到阿妹家都要给顿珠带些好吃的或小礼物。

两家人围着桌子吃了起来。吉恩和巴桑旺杰挨着，两人都拿出一盒香烟在面前摆着，互相递着抽。两人面前都摆放着一只银碗，碗面镶有八宝图。央拉向银碗里斟满酒，然后把酒坛放在巴桑旺杰身边的角柜上，他的对讲机也在柜上搁着。巴桑旺杰是退伍军人，性格粗犷豪爽，对吉恩有几分崇拜。他崇拜吉恩，不是因为他文化比自己高，而是在乎他有见识，有才干。巴桑旺杰虽然文化低些，也绝非随大流的平庸之辈。他捧起酒碗祝贺吉恩荣升，说罢咕噜咕噜一饮而尽。吉恩喝了半碗就放下，巴桑旺杰两眼直愣愣地盯着，央拉随即给阿哥递上一只羊腿，说："别听他的，先吃肉垫垫底。"吉恩还是捧起酒碗喝尽，才吃羊腿。

巴桑旺杰先问可可西里工委的职责，吉恩说："经济开发，具体实施州委提出的'变资源优势为经济优势'的要求。县财政拨了两万块启动费，要求三年以后有重大回报，可以通过开发资源与收取资源费，向县财政交款，县委文件中有专门条款。"他从包里拿出一份营业执照给巴桑旺杰看，营业执照上写着：可可西里经济资源开发总公司，法定代表人：吉恩嘉措。经营方式：开采收购销售服务批发兼营。巴桑旺杰看了笑笑说：

"以后叫你吉书记还是吉总？"

吉恩只是一笑，又捧着营业执照说："我有一个世界上最大的公司，拥有五万平方公里的土地。"

"阿哥，你不是开玩笑吧？"央拉拿过执照看，"哪有让县委书记当老板的？"

曲珍虽没吱声，但眼睛里满是疑惑。

吉恩说："我看了一些资料，可可西里有矿产资源，比如金矿、水晶矿等。盐水湖里还有卤虫，食用价值很高……"

巴桑旺杰打断吉恩的话："十年前马兰山金矿就被开发，每年都有两三万人涌向那里……"

"所以，可可西里工委迫在眉睫的工作，要去向他们收取资源费，并劝阻他们开采，那里属于天河县。"吉恩又打断巴桑旺杰的话。

"可可西里淘金潮阻挡得了么？去年春上一场暴风雪，有两万多沙娃困在可可西里和青藏线上，有不少人被冻死饿死。可是去可可西里淘金的人，有增无减。我还听说各路人马为争场子，经常发生械斗事件，每年都有沙娃在争场子中丧生。"

"是呀，形势不容乐观，我有思想准备。"

"嗨，我不应该给你泼冷水。"

央拉和曲珍却感到不安。

曲珍说："在天河，人们还认你这个县里领导，去了可可西里，没有一个熟面孔，那些沙娃眼里只有金子，谁会买你账？遇上心怀歹意的，还会与你拼命。"

"可可西里被你越描越黑。"吉恩不乐意妻子这么说。

"嫂子也是想着你的安全，"央拉给两个男人斟酒，"阿哥，你去可可西里一定要照顾好自己。"

"放心吧，可可西里有我的保护神。"吉恩又啃起羊腿。

"阿爸，谁是保护神？"才丹好奇地问。

吉恩吃完羊腿，擦了擦嘴说："保护神么……保护神就是神仙。"

"阿爸，真有神仙保护你吗？"才丹眼睛里充满疑惑。

"傻瓜，还当真呢。"曲珍让他吃饭。

这时，柜子上的对讲机响了。巴桑旺杰知道是王局长，一边拿起机子接听，一边去开门，王局长已站在门外。央拉拿出干净碗筷，我想腾出座位，告辞要走。央拉却让我坐下，她在巴桑旺杰上面挪出一个位置，巴桑旺杰又搬来一张椅子。王局长进入位置，端起酒碗说："我是不速之客，借巴桑旺杰家的酒，向吉恩书记表示祝贺。"

吉恩递烟，王局长接过烟点着，免不了说两句恭维的话，巴桑旺杰应和着，像笨拙的捧哏演员，而功夫却在推局长喝酒。看来他和局长的关系不错，是有意约王局长来喝酒的。王局长不敢喧宾夺主，捧起满溜溜一碗酒，总是要敬一下吉恩："我喝完，书记随意。"吉恩也表表意思，勉强赔着笑脸。

巴桑旺杰喝多了，央拉不让他再喝，他却故作镇静，问起可可西里工委的编制人员，吉恩竖起四个指头，说，司机暂缺。巴桑旺杰说："我给你们开车吧。"

吉恩说："我正想跟你说，准备练练车，借你们的车子用一用。"

王局长说："好啊，没问题。吉恩书记自己想开车呀？"

"嗯。"

"州、县这么重视，咋连一名司机都派不出？"巴桑旺杰带点儿愤慨，站起来为他俩斟酒。

"不是不重视。机关车队安排了一个，可是这位家里有实际困难，离不开。"

"我看是怕苦怕累不想去吧。"

"不是……"

"那你把车领出来呀。"巴桑旺杰打断他的话。

"要等去外地的那辆回来，大概三四天时间，等到车子回来，我们就出发了。"

"唉，等当到一把手吧，到时就不会这么啰唆。"巴桑旺杰摇晃着身子。

"净说醉话，王局长、阿哥，别听他胡说。"央拉走过来，不让巴桑旺杰向自己碗里倒酒。

"我没醉……"巴桑旺杰抱住酒坛不放。

"给他倒一点，我们干杯。"吉恩说。

斟完酒，王局长让央拉把酒坛拿走，对吉恩说：

"明天早晨，我让司机把车子给你送去。"

吉恩说："后天就还你们。"

王局长说："这辆车闲置着，你尽管用。以后有啥事要我办的，吉恩书记尽管吩咐。"

才丹机灵，一听到阿爸要练车，就嚷嚷起来，也要开车。曲珍阻止不住，吉恩说，要看你长大以后，能不能挣钱自己买车。

大家笑了起来。

6

吉恩开着一辆北京吉普，早晨从天河县城出发，路上跑了四天多才到昆仑山口，进入可可西里。从青藏公路五道梁下线，向马兰山方向开去，一路上勘查矿点。吉恩穿一件旧的黑色皮夹克，黑色毡帽挂在椅背上，平时很少戴，因而还像新的一样。他脸色红润，身体健壮，目光看似平和，实则藏有锋芒。

我捧着地图坐在吉恩旁边，后座上是老井，也是高个头，比吉恩瘦，穿着本色。老井是汉族，吉恩的中学同学，被临时拉来，他还没有确定参加可可西里工委。我是可可西里工委招聘的第一个志愿兵。

可可西里腹地本没有人迹，而目下一两百米宽的视域里，到处都是被车轮轧出的路，连长草的坑洼地，也被轧得光溜溜的。地图用不上，我把它折叠起来，腾出一只手按住搁在风挡玻璃窗台上的营业执照。进入荒原，车子颠簸得厉害，营业执照经常滑落。我想为它装个框，吉恩一笑说，还没挣到钱，哪能给它待遇。这样携带也方便。

吉恩在地图上标出可可西里十几处金矿点，马兰山开采规模最大，车子直驱马兰山。来到现场，吉恩皱起眉头。只见沟沟壑壑被翻了个底朝天，数十公里坡地千年植被毁于一旦，残留的部分也被大堆大堆的沙砾压住。山体爆破留下的窟窿，以及岩层焦煳的痕迹，留给马兰山体无法恢复的创伤。吉恩停下车爬上坡看，遍地是报废的车辆、轮胎、空汽油桶，锈蚀的铁条、铁锅、铁铲、铁锹、铁镢头、筛金网、破盆、漏桶等淘金工具，被扔掉的破帐篷、毛毡、纸箱子、烂鞋子、破袋子、各种塑料废品……还有玻璃瓶、罐头盒、被猎杀吃剩下的藏羚羊的骨头。突然刮起一阵狂风，地表破裂的沙土卷着塑料废品、棉料纸质等垃圾，漫天飞舞，沙粒打在脸上麻辣辣地疼，裹着垃圾臭味一齐往眼睛鼻子里钻。

吉恩回到车内，眉头拧着仍没松开。他没想到马兰山破坏这么严重，称这是散漫开采造成的恶果，要我起草一份报告，反映马兰山的淘金现状与管理不力的问题，提出扼制进入可可西里的淘金人员，整顿秩序，由天河县有计划地组织科学开采。

车子来到马兰山北侧的山坳，更令人震惊。山坳里被炸得面目全非，人工筑起险要的工事。炸开的一条沟，入口陡窄，沟上有一座土碉堡，土碉堡凸显机枪眼，乌黑的枪头露在外面。沟口还立着一块牌子，上面歪歪扭扭地写着：

> 向前一步脑袋开花。
>
> 喝茶吃饭请进来，
>
> 淘金必须拿钱来，
>
> 要么提着脑袋爬回去。

我说："土匪黑话，挺吓人。"

吉恩说："吓唬谁？去会会这无法无天的家伙。"

车子停下，观察动静。吉恩又说："不要怕，我来与他们对暗号。"

没有人出来，碉堡口机枪却嗒嗒嗒向车的一侧地面上射击，腾起一股股灰尘，空气里飘着火药味。等枪声停止，吉恩拿着帽子伸出车窗，左绕三下，右绕三下，果然碉堡枪眼里停止射击。吉恩说："这暗号是进去喝茶吃饭，混过了第一关。"

我和老井都感到神奇，这顶一路闲挂着的黑毡帽，像专为来对暗号准备的。后来听吉恩说，对暗号是西海黑三角一个收沙金的商人告诉他的。

吉恩把车停在沟边，让老井留在车上。我随他爬上坡，嚯，山沟里面被炸成了一个个大窟窿，大窟窿内满是淘金的沙娃……头戴冒牌军帽的持枪保安吆喝着不准停留，保安队长从碉堡内走过来，问其来意。吉恩说要与你们拿事的谈生意，保安队长见他戴着毡帽，穿着皮衣，一脸胡子，像个藏族商人，便领他走向一顶长方形的军绿帐篷。

帐篷外停着一辆北京吉普和一辆东风大卡车。保安队长先进帐篷报告，另一个持枪保安在帐篷门口看着我俩。不一会儿，保安队长招招手叫我们进去。这个拿事的年龄不大，一脸匪气，穿着做工粗糙的黄皮夹克，坐在毛毡上抽烟。毛毡前放着一块木板，木板上摆有茶杯和酒瓶，靠帐篷边的地面上放着几只空汽油桶，算是给来客的座位，我随吉恩在油桶上坐下。

吉恩对这个金头有些面熟，一时记不起在哪儿见过。金头打量着吉恩，又朝我背着的公文包看，大概看出我们像干部不像商人。未等吉恩问他姓甚名谁，从哪里来，他露出些狡黠，以怀疑的目光逼视吉恩：

"你是做啥生意的？"

"负责管理，享有这片土地的管辖权。"吉恩摘下毡帽，感到说话自如有力多了。

"不是商人呀……"

"我们负责可可西里资源开发，有经营权。"

"皮包公司呀……"

我说："你这人咋这么说话呢？"他不理我。

吉恩似乎并不在意，他一直注视和打量着金头。我又说："这位是可可西里工委书记吉恩同志，他同时兼任可可西里经济资源开发总公司总经理。"

"究竟是叫你书记，还是叫总经理呢？"他仍与吉恩说话。

"我们可可西里工委是天河县专门管理可可西里这片土地的机构。"吉恩态度严肃。

"没听说还有个天河县……天河县在哪里呀，是西藏的还是青海的？"年轻金头打着哈哈。

"青海地图上标得很清楚，"吉恩让我拿出地图，指给他看，"马兰山和可可西里大部分区域，都属于天河县。"

金头似看非看。

"你们淘金队理应向天河县缴纳管理费，包括土地资源费与植被破坏赔偿费。"我接着说。

"你们不是来喝茶的呀？"金头对站在帐篷门口的保安队长虎起脸。

保安队长明白他的意思，跑了出去。

金头接着说："啥费？我只听说过叫草皮费的。"

我说："你别管，按照我们的收费项目缴纳。"

"你要搞清楚，这块土地是国家赋予我们县的管辖权。不要以为在可可西里无人区，就可以无法无天。"吉恩摆出强硬的态势。

"嘻……"金头不把这些放在眼里，"收费没有，要烟茶钱，可以给点。"

吉恩腮帮肌肉抽搐了一下，没有说话。

"你不讲理么？"我怒撑他。

金头仍不理睬我。

吉恩问他是哪个村的，叫什么名字。他倒也不隐瞒身份，称是河东马家营的，名叫冯金来。

"哦，马家营的冯金来……"吉恩神态松弛了些，愣愣地朝这个金头看。

这时保安队长又带来两个持枪保安。

吉恩本想缓和一下气氛，但无奈，只是看着冯金来说："我没有说错的话，你祖辈都是农民吧？"

冯金来愣了愣，才说："是，咋样？不是，又咋样？"

"我劝你不要被金子迷了心窍。"吉恩仍盯住他看。

冯金来嘿嘿一笑，说："淘金是坏事么，你们不也是来淘金的么？哼，农民太老实了，多少年来被捆住手脚守穷，终于有了冲破束缚的一天……我们来可可西里淘金，发财致富是正当的。"

我反问："收取土地资源费与植被破坏赔偿费，不正当吗？"

"哼，有金子你们来了，以前没有人来淘金的时候，咋不说可可西里是你们的？我们只知道可可西里是无人区，大路朝天，各走一边，各赚各的钱。"冯金来站了起来。

保安持枪向吉恩和我紧逼过来。

"我提醒你冯金来，可可西里不是无法无天的地方。"吉恩拿起毡帽，拉着我走了。

冯金来仍骂骂咧咧：

"哼，到处都伸手来要钱，可这里已挖不出金子……"

吉恩闷着头，这位如日中天的县里领导竟然遭受如此不恭，我心内替他难受，便说：

"这个金头太张狂，我们要想法子治他。"

"你这么想，只能激化矛盾。"吉恩语气平和，琢磨着，"冯金来说我们搞公司赚钱，说收取土地资源费和植被破坏赔偿费是剥削他们，是有意贬低还是误解了我们的工作？"

"冯金来那么说是为不缴纳资源费找托词。"

持枪保安催促我们快走，打断了我们的议论。

7

上车后，却不见老井，吉恩让我去淘金的人群里看看，两个保安还端着枪看着我们，我正琢磨着如何引开保安，这时老井从沟的岔道里走了过来。我怕保安发现他，拉他钻入车内，叫他快走。吉恩却不慌不忙，把方向盘向左右猛打了两下，甩开持枪保安，只见两颗子弹从车尾尘埃中划过。

离开土堡后，吉恩说：

"冯金来像有逆反心理，他会不会把资源费交给了西海？"

"很可能……老师，我们来迟了。"

老井说："不是可能，是肯定。我听说，西海市黄金管理与开发公司从马兰山清场收回的沙金中提取出样品，每十克装入一火柴盒，给每位市委领导一盒。主管副市长在办公会议上，捧着火柴盒说，当年马步芳不能办到的，今天我们能办到。"

我说："西海向淘金的收费，名目繁多，冯金来不也提到草皮费么。"

"恐怕资源费、植被破坏赔偿费，已经列入人家经济腾飞的指标了。"吉恩脸上露出自嘲，"谁能修复这满目疮痍？"

我问："那报告还写么？"

吉恩说："报告照样要向上送，收不到钱，得要让领导知道原因，了解可可西里的现状。"

老井又说下车方便时发现了情况，吉恩只顾说："赶紧去下一个点。"老井不再吭声。我捧出地图，吉恩掉转车头，去库赛湖。

离湖边不远的洼地，有一群人在挖金子。车子在第一个挖卡停下，拿事的也是个年轻人，与同伴一道在干。我叫他过来，吉恩要先问问情况。这八个小伙是一个村的，坐着一台手扶拖拉机过来，正碰上库赛湖有金子，他们占了一块地盘。这个拿事的姓马，他像知道我们来意，说有两个当官的收了十克沙金刚走。老井说这金矿属于我们天河县，要他缴纳"两费"。拿事的说，咱缴纳过了，他还掏出票据。老井看了后给吉恩看，票据上盖着西海市黄金管理与开发公司的公章。我们三人无语。

吉恩望着现场说："不是说缴纳了费用就可以滥挖乱扔。这湖边都是你们的车辙印，玻璃瓶、塑料袋遍地扔，植被全没了。"

拿事的不以为然，但还是听着。

"这是高寒地带，植被被破坏，很难恢复，要手下留情……"

"手下留情，可金子不会自动跑出来嘛。"拿事的忍不住说。

"你们挖土时不能避开植被么？"吉恩看着他。

"金矿都是在低洼地，像个娃，都喜欢有植被裹住。"

"是么？"不明白吉恩是问这个年轻金头还是问自己。

我们三人站了起来，又去另一个采金点。我们还不知道，有靠山的淘金队进场时，就把资源费一并交给了西海市黄金管理与开发公司。吉恩闷头开车，老井点着一支烟给他，说："听我讲，放松一下。"他抽了一口烟，便细细道来。

岔道里臭气烘烘，尽是垃圾和屎堆，有一个民工蹲着拉屎，老井与他聊了起来。这个民工个头不高，胡子拉碴，目光有些迟钝，不想与陌生人说话。老井看见里面陡坡下有几个人工挖的坑洞，问挖这坑洞是做啥用。这个民工面有惧色，怎么问都不说，老井却越发想知道其中的秘密。这个民工站起系好裤带要走，老井拉住他，这个民工问他是干啥的，老井瞒住说是找矿的，并把兜里的一小包饼干给他吃，这个民工见到饼干，都流出口水，答应讲了。原来挖坑是为藏尸用的。这个民工指着两处藏有尸体的坑洞，说，一人是去年得了肺水肿（高原病）而死，一人是今年在争场子中中弹身亡。

老井问：这个病死的为啥去年没有运回去？

民工说：去年临回去前得知一个消息，从今年开始，政府对来可可西里淘金自然死亡的沙娃家属，发放八千元抚恤金。这个病死的，是邻村的，拿事的等今年政府的政策，也是想给他家里人有个交代。在争场子中被打死的，有了两万赔偿。

老井问：相互争场子，开枪打人，还享有抚恤金？

民工说：拿事的也没说，如果想拿，开假证明呗，就说是得了高原病死的。

老井问：对病死的，拿事的自己还拿不拿钱？

民工说：拿事的觉得都是一个村的，不给死人家里一点钱，说不过去，又不想自己掏腰包，就想别的法子呗。

老井问：拿事的想的什么法子？

这个民工说不出，又叽咕了一句：听谁说好像是走人身保险。

这个民工低头探脑，靠近坑洞看里面的尸体，生怕少了似的。

老井问：你还担心死尸会被盗走？

民工说：谁做这丧尽天良的事。就怕万一被人家以为没人要收走——那些单独出来淘金的散户，死了就没人问。收到一个死尸，也可得八千块呀。

老井问：咋知道死尸的名字和籍贯？

民工说：这还不容易，在家乡找一个死去的男人顶替就行。

老井问：这些死尸腐烂了，咋办？

民工说：人死后都一样要化成土。无人收尸的，只要买通关系，让火葬场出具证明，就可以领到抚恤金。只是自家村的，死尸腐烂了，就无法向家里人交代，所以拿事的派我经常弄点冰块放进洞里。说罢，他又拿铲子去捣鼓冰块。

这个民工有点诡异，不肯透露名字，只是低声下气地央求，千万别与拿事的说。

吉恩沉默不语，他大概没想到冯金来为了赚钱，会做出这等事。我提出要惩治冯金来弄虚作假的行为，老井说真正惩治，还需要核实取证。我仍说政府发放抚恤金，岂不是被他们钻了空子？吉恩皱了皱眉头，没有吭声。

过了一刻，他告诉我们，十八年前，他大学毕业前实习的地方，就是这个叫冯金来的所在村子马家营，那时他大概十一二岁，上小学五年级。

"他不认识我，我记得他。"吉恩故意提高嗓门。

我不由愣住。老井说："这小子发财了，不认人啦。"

"这小子从小就耍小聪明，捧着语文课本指着太阳山捡金子这一节，问我太阳山在哪里？我说太阳山在太阳上呀，你想上去么？他愣住，失意地走了。后来，我问他，老师咋给你们讲的？他说老师写宣传标语去了，让学生自己看。我跟他讲，这是一则寓言故事，教育我们不要贪心不足。这小子却说，捡一块太少，捡起两块赶紧走，不会被太阳烧死。我又强调这是寓言故事，是告诉我们：人不能贪心不足。他那小眼睛翻了翻说，对，要斗私批修，拾金不昧。"吉恩说着笑了起来。

老井笑着说："你与这小子有一面之交，可得关顾点儿。"

吉恩说："可他不听我的呀，唉……我们只当不认识。"

老井说："这小子有心眼，善变。"

我说："要不，我们把他钻政策空子的事，写进简报？"

吉恩说："还需要调查核准。"

老井哀叹一声说："我们收费，找矿，还忙不过来哩。"

8

自上次在冯金来的盘子里碰了壁，吉恩弄清楚了西海市有权管理马兰山金矿，西海市给省上的报告里写着，要求每个金农交纳八克黄金，七十元管理费。省里批准西海市在可可西里四十平方公里范围内开发金场，淘金人员限定一万名。这次他在州府停留，专门找了这份文件看，文件要求加强对可可西里黄金开采的管理，河东八县各乡对去可可西里淘金的农民，要加强领导和组织。去年二月省里下达了这份文件，三个月后，就有两三万民工涌向可可西里而被暴风雪困住，省政府为救灾耗资一百四十二万元。吉恩不禁倒抽一口凉气。

车子开到五道梁已是中午，吉恩直往前开，在离 70 道班不远处有两户人家，准备去那里停车做饭吃。我们早已发现公路边有住家，屋檐上竖着一杆杆风马旗，吉恩一直想去看看。

下道后，河滩上只见羊群和马，不见人影。另一侧是用石头和黄土垒砌的院落，房屋低矮，很敦实，能够抵御暴风和高寒。车子在院子前面的开阔地停下，老井做饭，我随吉恩进了院子。

一位年长的大爷坐在太阳下抽烟。

吉恩叫了一声："波拉，您老好啊！"

我做了介绍，不知大爷耳背还是不明白可可西里工委是啥，他迟钝的目光里打着问号。

吉恩掏出烟盒，递给他一支烟。

大爷没有接烟，只是问："你们从天河过来，也是来淘金的？"

吉恩顿了一下，说："您有啥意见，可以给我们讲呀。"

大爷低头抽着闷烟，像没有听到似的。

这时，河滩上传来羊群咩咩的欢叫声，大爷脸上露出点儿笑容，说拉琼回来了。

吉恩问："拉琼是您孙女？"

大爷直愣着，脸上又打起问号。吉恩告诉他，半年前来可可西里考察时，在玛拉湖边见过拉琼，她在湖滩上放牧。大爷僵着的脸色勉强松动了一下。吉恩让我去把拉琼叫过来。

我刚出了院子，看见路边有一辆吉普，一个戴着空顶帽露着长发的姑娘，正离开车向河滩走，后面跟着的男人像冯金来。我不敢相信自己的眼睛，再看路边停着的正是他的车，这小子咋勾搭上拉琼？我很不爽，也有些气愤，欲跑上去揭发冯金来，让拉琼不要受他骗，但还是忍住，隐蔽在墙角观察。

冯金来追着拉琼说："我拉你去玛拉湖兜一圈，车上现成的酒与烧鸡。"

拉琼说："你自个儿吃吧。酒，晚上回去再喝。"

"你怕我醉驾，是么？不用担心，我喝酒没有醉过，在荒原上跑车，总要喝点儿提提精神。"

拉琼站住，让他回去。

冯金来也站住，问："啥时到西海唱卡拉 OK，我开车来接你。"

拉琼说："不用，我不会去西海唱歌。"

"今天相见算是有缘。"冯金来涎着脸。

拉琼不再理睬他，转身向河滩走。

这时，马匹和羊群都躁动着，叫喊着，仿佛表示不欢迎这个陌生的淘金客。

冯金来仍站着。

我大步走上去，说："这不是冯老板吗……"我没有说出，你咋勾搭良家女子？

冯金来一惊，他不会想到在这里遇见我们，尴尬一笑，钻进车里跑了。

拉琼安抚过羊群和马，便往回走。她告诉我，一早给在公路段打工的阿爸送鞋子去，回来搭了冯金来的车。我感到拉琼是正经女孩，只是说："我们与冯金来打过交道，他很贪心，会耍鬼点子。"拉琼没有吱声。我又追加一句，他在女人面前会嘿瑟，献殷勤。冯金来是专门送拉琼过来，他去马兰山应该是从70道班下道。拉琼看了我一眼，说："我只是搭了个顺风车。"我见拉琼有点不高兴，感到自己话说多了。

拉琼回到家里，向爷爷说了半年前在玛拉湖滩见过吉恩，吉恩还为她拍了放牧的照片。吉恩急忙说，照片洗好留着呢，一直没有机会给你，下次给你捎来。拉琼说，我给你手工费。吉恩说，不用啦，我们会经常路过你家讨口水喝。惹得大伙一阵笑，爷爷古板的脸也笑出一朵菊花。拉琼赶紧去叫阿妈煮茶。她拉爷爷坐到桌边，陪客人说话。

吉恩接着与爷爷交谈，拉琼见爷爷不答话，说：

"爷爷看不惯淘金的。"

"看不惯，讲嘛。"吉恩平和地说。

爷爷眯起眼朝吉恩看，仍是一种怀疑的目光。

拉琼是看着青藏公路上川流不息的车辆长大的，性格开朗，善于言辞。她说，爷爷今年已七十岁，爷爷的故事，我都背上了。吉恩还是想听听老人的意见，拉琼便靠近爷爷说："他们是政府的，你有啥意见就说吧。"看上去爷爷很喜欢孙女，他不再与我们拗着，握住长杆铜烟袋吸了一口，慢慢地又吸一口。他思绪已回到过去，我担心老人讲得太拉杂，想让拉琼叫爷爷主要谈意见，吉恩却说，随意谈。好在有拉琼在一旁随时提醒。

爷爷十六岁那年，兄弟仁骑马到天河镇遭遇马步芳的部队，他没听阿哥叫喊转身逃避，连马带人被持枪的军人抓住，从此就与兄弟分离，天各一方。后来才知道，抓他的军人是马步芳的团副，马步芳颐使这个老乡团副在河东抓了二十个沙娃，组成骆驼队去可可西里淘金，马步芳早就有这个黄金梦。团副怕遭遇不测，就抓一名康巴藏人为他保驾护航，让他在前面探路。他惶惶不可终日，内心十分恐惧。因为可可西里是万山之祖，万水之源，是佛祖的圣地，不可涉足。

他从小就听阿妈说，金子是土地里最珍贵的东西，不能随便乱动。他想逃离骆驼队，但又无法脱身。骆驼队进入荒漠，沿途几百里没有人烟，虽然监管松了些，但逃出去也会饿死冻死。骆驼队走了二十几天，已死掉一人和一匹骆驼。他听说再走两天就到可可西里，不能再犹豫。这两天枣红马也昂头嘶鸣，仿佛应着主人的心意，不愿再向前跑。半夜里月黑风高，帐篷被刮得咯吱吱响，他偷偷去牵枣红马，马见主人解扣唤它，一骨碌站了起来，憋住气不叫一声，人和马踩着呼啦啦风声走出营地，然后他噌地跨上马背……

天注定这个被骆驼队视为蛮子的藏族小伙死里逃生。枣红马驮着他跑了一天一夜，终于看见昆仑雪山，进入可可西里一望无际的荒原。他和马都不敢放纵，收缰沿着边缘的古道寻找人迹，在日落的方向看见一缕炊烟，是驿站，他悬着的心终于落下。十几年后解放军来到这里修筑青藏公路，他才知道可可西里离自己家乡并不远，只是当年没有路。

他开始为驿站喂马，有时打猎，也就是在附近丘陵湖泊打些盘羊、黄鸭之类。湖面还有洁白的天鹅，湖滩有成群的藏羚羊，还看见荒原上有野牦牛、藏野驴、棕熊等。他认为这些野生动物有神性附体，不敢把枪口对准它们。

拉琼告诉吉恩说，阿爸在公路段维修队，二叔是司机，去过可可西里西北边缘巍雪山。吉恩问，啥车？跑这么远。爷爷不满意拉琼"满嘴跑火车"，骂浑小子，没丢掉性命，算是万幸。

炉子上铜壶里的水正冒热气。阿妈向大玻璃杯里放入一撮茶叶和两颗红枣，然后再加入一勺酥油，冲上开水。她煮好茶，把杯子端到客人和爷爷面前。

吉恩说爷爷年轻时不幸流落过来，而今处于天河县的前哨，称他是可可西里的守望者。爷爷琢磨他说话的意思，眼角皱纹堆起，直愣愣地朝他看着。

"咱们县土地面积有八万平方公里，其中近五万平方公里就在西部可可西里无人区。"吉恩接着说。

"这里地方再大，能用么？"老人目光里透出几丝光亮，却也加重了疑惑。

"对于可可西里的矿产资源，需要进来做些考察。"吉恩缓和着说。

"你是说来可可西里开矿……开金矿？"老人憋不住，睁大眼睛反问。

"我说开金矿了么？"吉恩问拉琼。

拉琼愣住，还是摇了摇头。

老人说："可可西里有矿产，这些年有成千上万的人涌向马兰山淘金，你不是不知道吧？"

"听说了。目前比较乱，关系还没有理顺……"吉恩皱着眉头。

"可可西里是万山之祖，万水之源，是佛祖的圣地，金子是不能采的……"老人只管自个儿说。

"您老关心可可西里是好事。"吉恩只顾抽烟。

"一张采金证卖五六百哩。"拉琼插嘴说。

"有这种事？"吉恩翻开笔记本记下，他又追问了信息来源，拉琼把去西海看到听到的都讲了。

"有啥情况，你们有啥想法，尽管说。"吉恩捧着笔记本。

老人身子偏向一边，只顾闷头抽烟。

吉恩朝他看着，等他说话。

"波拉，你有意见跟吉恩说呀。"拉琼不愿爷爷冷落吉恩。

老人敲了敲烟袋锅子，说："你放羊去。"

吉恩说:"波拉,拉琼提供的情况很重要,让她待着。"

拉琼没有被爷爷唬住,说:"这些来马兰山淘金的还打藏羚羊哩。"

吉恩问:"你是听说,还是亲眼见到?"

拉琼说:"晚上,我听到枪声。他们打死母藏羚羊,幼崽失去羊妈妈……"

"是你亲眼所见吗?"吉恩打断她的话。

拉琼改换事例:"前几天,我在70道班看见一辆大卡车上有藏羚羊皮。"

吉恩问:"有没有看清多少张?"

拉琼说:"只见有一沓露出车厢挡板,我吓得不敢看。车子上了公路没有停,是淘金的车。"

"看清楚是藏羚羊皮?"吉恩又像在自语。

"不会错,现在我一想起心还颤哩。"

我们只听说沙娃们几十天不见肉腥,肚子里没油水,打一只藏羚羊填饥,还没听说有猎杀藏羚羊、贩卖藏羚羊皮的。

屋内烟气袅袅。吉恩又点起一支烟,眉头皱着。老井催吃饭,吉恩感谢爷爷和拉琼提供的情况和意见,大概因为他没有表明立场和态度,老人仍冷着个脸抽闷烟,吉恩告辞时他也没有站起来。

吉恩眼前晃荡着淘金的大卡车,倏忽车上又装有藏羚羊皮。沙娃们穷困无知,只顾赚钱,而愈来愈清晰的一张脸是冯金来。吉恩住过马家营,知道村上人多地少,每年农闲,沙娃们都会出来淘金挣钱。

9

马家营是人多地少的穷山村，家家都是土坯房，屋内只有土炕与炉灶。男人一有空闲就出去挣钱，大多是淘过金的沙娃。

那年刚过正月十五，冯金来在村头看见一辆摩托车，车后面竖着一幅广告牌，牌子上写着斗大的字：最新淘金特大好消息。骑摩托的阿叔问他想不想发财，他眼睛一亮，问哪里有金子。阿叔一脸狡黠，只是竖起大拇指搓着，做数钞票的动作。

他问："要多少钱？"

阿叔说："信息费一百块。"

他十块也拿不出，就摇了摇手。

阿叔说："脑袋瓜咋不开窍呢，这钱不会由你一人出，你可找一块儿去的人分摊嘛。"

他一想也是，就叫来一心要出去淘金的马青河、马青山，一道凑足一张大票子。阿叔接过钱，便从包里取出几张油印的纸片，上面有两行大字：可可西里处处都是麻拉拉的金子；马兰山有几十条金沟，一块金子有几两重。"快去可可西里发财吧。"阿叔说着，猛一踩脚踏，摩托车屁股后面冒着青烟，又蹿向另一个村庄。

他捧着纸片，恍惚看见远处金子在闪光。

爷爷在世时，曾说过可可西里有金子。那时他还小，对爷爷说，我长大了，要去可可西里捡金子。爷爷虎着脸说，可可西里很远很远，很冷很冷，没有人烟，去那里是白白送死。爷爷十八岁时曾被马步芳手下抓去可可西里淘金的骆驼队，他说在荒无人烟的可可西里走了二十多天，才到马兰山。个个冻得累得身体打飘，面对这座高耸的雪山，他们能感觉到这里从来没有人来过，骆驼队几十个人是来送死的，个个胆战害怕，马与骆驼都不敢向前。勘探了两三天，就不敢再待下去。

冯金来只觉得家里穷，可可西里有金子，再远再险也想去捡，再说外村已有人淘金回来砌起两层楼房。去可可西里淘金，至少要有一台手扶拖拉机，手扶拖拉机上除了堆放吃的睡的用的东西，最多也只能挤七八个棒小伙。他先想到自家兄弟，看有没有愿意走的。

爹对他要去可可西里淘金没有表示态度，只顾卷着纸烟抽。

大哥说："现在允许跑贩卖，尕兄弟可以收别人家的果子、蔬菜，拉出去卖。"

他说："张口果，闭口葱，一辆车子一杆秤，永远发不了财。去可可西里少说一天淘一克金子，抵得上你跑半年贩卖。"

爹说："金块在那里等着你呢？"

堂哥每年出去打工，蹲在一边不说话。

来串门的马青山也参与了讨论，说："在家也是闲着，也是吃，背着面和洋芋出去，多少还能挣一点，老婆娃娃还有个盼头，买个化肥农药啥的，不然，哪里有钱？"

爹始终没有表示态度，妈说他还小，也不让他出远门，要他跟着大哥跑买卖。兄弟们明白爷爷有话留下，怕去了可可西里回不来。

一个月后，大队部贴出乡政府鼓励村民去可可西里淘金的通告，爹态度才软下来。

生产队给他们一辆手扶拖拉机。因为报名要去的人多，大伙凑钱买了一辆旧大卡车，二十个人每人要出一千五百块。一千五百块对靠挣工分养家糊口的农民来说，可不是个小数字，但大伙咬着牙砸锅卖铁，卖牛卖羊，借款筹钱。因为可可西里的金子仿佛在向他们招手，谁都想去那里捡点回来，盖座新房子。

马青山年长冯金来六岁，脑袋瓜上已有几道皱褶。他喜欢卖老、爱算计、占小便宜。他听着马家兄弟争执，马青山说："看这小子拿什么逞强？冯大大知道要拿出三千块，面朝北哭去吧。"马青河说："你别对金来过不去，把这摊子事管起来，不容易。"马青山说："你还看不出，这尕娃要当拿事。"马青河说："他是发起人嘛，你就不要与他争。"马青山说："你咋向着外人？"马青河见哥变了脸色，不再吭声。

冯金来清楚家里穷得叮当响，想用手扶拖拉机抵份，只怕马青山攀比不答应，若把马青山调换掉，不仅马青山会闹，也会伤了马青河。他不得不回家与爹商量，爹没想到要这么多钱，苦着脸，吧嗒吧嗒抽了一阵烟说：

"金来留下，老二的份子由家里砸锅卖铁凑。"

老二就是堂哥，他从小死了爹妈，被冯金来爹妈收养。

冯金来咋会留下？他一定要走，说："爹，我到外面借去。"

爹说："借？淘不到金子，用啥还？"

他说："爹放心，我拿命也会还掉借款。"

爹见儿子大了，拗不过他，只得随他去了。爹和堂哥忙着把家里四十只羊、十八只鸡都卖了。妈也无奈，把平时卖鸡蛋买盐节省下来的钱，都拿了出来，不够，还少五百块，妈又把戴了四十年的金耳环，摘下来去当了。

冯金来找到了借钱户家，借款凭据以自家房子为抵押，爹按手印时，手指不住地颤抖，他站在一边看着，心也在颤抖。堂哥低下头去。大哥说："放着安稳日子不过，你看看，爹妈为了你们两个淘金，把身家性命都押上了。"冯金来说："放心吧，我们淘不到金子，不会回来。"

大卡车车厢里的面粉袋与装着洋芋、白菜的蛇皮口袋，堆得有一人多高。手扶拖拉机上堆满铁锹、铁镐、铁铲、筛金的床子、水桶、油桶、炊具、帐篷等，有两个人看管。他坐在驾驶室里，捧着地图带路。车厢里没有落脚的地方，十几个人窝在烧火煤上。一路上大卡车吱扭吱扭地叫着，大伙平时出门都坐"手扶"，如今坐上大卡车去远方淘金，不在乎车子好坏。一个个穿着羊皮板大衣，戴着皮帽，在公路上跑，开始四五天都很兴奋。尤其是从70道班下道以后，去马兰山的"手扶"、大卡车汇聚一道，大伙都提起了精神，冯金来带头唱起《杨子荣打虎上山》，前后车上坐着的沙娃都看过来。手扶拖拉机连成一片，突突突地冒着黑烟，如向大河里倒了一瓶瓶墨水，黑烟袅袅地在净洁的天空蔓延开来。一会儿，大伙吼不动了。接着，马青山说起荤段子，大伙听腻了，他说了上句，有人就接出下句。后来大伙困顿得东倒西歪，再也说笑不起来。在荒原上走了八天，他们不适应高海拔环境，缺氧，寒冷，夜里冻得睡不着，白天萎靡不振。有一个体质差的沙娃，耷拉着脑袋不停地哼哼，像是病了。

马兰山谷地和山坡上布满帐篷和车辆，成千上万的淘金沙娃，像蚂蚁一样遍布山谷。大伙下车见到金矿提起了精神，冯金来对大伙说："我们要发扬愚公移山的精神，令高山低头献宝。"

他们选择一块空地，停下车辆，搭起四顶帐篷。冯金来和马青河带着几个沙娃下到沟里，他们知道沟里沙金已被别人挖掉，还是往下刨坑。老二把新刨的沙土取样捧上来，马青山接过放入清水盆子，等待沙金呈现，可是一直不见金子。大伙长途跋涉疲劳不堪，不能再挖，只得收工休息，待恢复体力明天再干。那个体质差的沙娃，没有及时穿上衣服，感冒加重，成了肺水肿，第二天再也起不来。第三天，他们顺着这条沟往里挖。里面是一道石坡，他们啃别人啃不动的骨头，马青河和几个身强力壮的棒小伙拿起铁锹、铁镐刨去矮坡，凿穿石层，终于淘到第一盆沙金时，患了肺水肿的沙娃却闭上了眼睛。

马兰山不是人待的地方，早晚气温都降到零度以下。太阳一落山，大伙像兔子似的跑回营地，端起煮不熟的面疙瘩汤，抱住大铁碗暖暖冻僵的手，填饱肚皮后，赶紧钻进帐篷。这时，风裹着一团团寒气铺天盖地袭来，动作再快也避不开刺骨之寒。冯金来本来要和马青河睡一个帐篷，马家兄弟合垫一条毛毯，就让马青山一道过来。一块塑料薄膜摊在冻土上，上面是羊毛毡子，四个人都是一身泥巴，只脱掉外面最脏的一件，然后穿上棉袄棉裤；衬衣都被汗湿，不能脱下，因为要用身体把它焐干，第二天得继续穿着干活。老二就一套空壳子棉衣，白天穿着干活，晚上穿着睡觉，又脏又湿又有汗臭味，谁都不想靠近他，但夜里帐篷内也是接近零度，冻得实在忍受不了，几个人不得不挤紧抱团，相互以身体取暖。有时冻得睡不着，就坐起来抽烟，马青河藏着几包两块钱一包的大丰收，每次给冯金来一支，自己拿一支和马青山轮着抽。

到了七月，衣服被褥里虱子满把抓。中午太阳直射下来，大伙喝面疙瘩汤，热得满头汗珠，身上衣缝里的虱子大摇大摆地跑出来晒太阳，踩住额头上的汗珠作秀。长期不洗澡不洗脚不洗脸，天气一暖，帐篷里的味道难闻得很，与羊圈差不多。一旦冰雪融化，遍地的大小便也都融化流到低洼的坑里，大伙仍然吃着喝着坑里的水。不少人中毒，马青山的嘴和下巴都肿了起来，不能吃饭，马青河带着哥哥求爹爹拜奶奶，讨了几片消炎药吃，才有好转。汽车轮胎里储存的干净水，被马青山偷喝了不少。

这一年村上去可可西里淘金的二十人中死了两个，马青河在争场子中被打死。老二哀叹说，马青河算是一条汉子，被狗日的戈二一枪打没了。

那天，冯金来和马青山、马青河去远处找矿源，跑了两个小时，来到山阴下一片狭长的低谷，这里掘土发现红金，"二马"知道红沙金出金率高，很兴奋。因为天晚了，就捡两块石头放着做记号，准备第二天一早来划盘子。可是，第二天来到现场，看见河谷那头有人在打木桩。一个虎背熊腰的家伙站在那里吆五喝六："什么人，敢与严爷争盘子？"马青河说："还爷爷哩，龟孙吧。想跟我们抢盘子，没门。"

"这两里长红金谷都是严爷的。"那虎背熊腰的家伙走了过来。

马青河看见过他，此人三十岁左右，叫戈二，不知哪里弄来的盒子枪，一直别在腰间，马青河还以为是假的，用来吓唬人的。

他们不理睬戈二，抓紧打了四根桩子，表示两家场子的分界线。

戈二走了过来，拿大架子说："马兰山谁不知道严爷？你们是刚来的吧？"

马青河寸步不让地说："马兰山谁不知道金拿大的，你们是刚来的吧？"

"识相些，赶紧拔桩走人。"戈二摸着腰间盒子。

"哎呀，这地又不是哪一家的，有金子大伙淘嘛。"马青山说。

"这地就姓严，咋的？"戈二盯了上来。

"你想打人？"马青河挡住戈二，眼睛瞄着他腰间的盒子。

"穷小子，嘴还硬。"戈二看到马青河的裤子缝线脚掉了，是用细塑料绳穿着，便一脸嘲笑。

"叫你们严爷出来谈，下午一点，我们在这里等候。"冯金来说。

"哼，你小子派头倒不小。"戈二乜斜着眼看他。

冯金来嘟哝了一句，狗仗人势，拉着马家兄弟走了。

马青河说："大伙一起上阵来争个理。"

马青山说："看来这个姓严的老板，势力不小，无人区不是讲理的地方。要不，先忍了呗？"

冯金来没听马青山的。他回到营地对大伙说："严黑手下人欺负咱们，咱们一起上阵，把那盘子夺回来。"

晌午，他们二十余人扛着铁锹、铁铲等，昂首阔步地走进红金谷。之前打下的四根木桩都不见了，那边有七八个人背枪在巡逻。马青河带着几个人把木桩重新打上，两个巡逻的跑过来，用枪托抵住马青河的脑袋，与马青河一道的两个沙娃跑上去夺枪。正在争夺之中，戈二带着四个荷枪的巡逻的跑步过来，一字儿排开，个个叉着腿，端着枪。另外两个巡逻的也站到了队伍里。

"谁敢动手，咱们手中的子弹可不长眼睛。"戈二握着腰间盒子。

没想到严黑有一支荷枪实弹的保安队，大伙不再认为戈二握着的是假家伙了。冯金来有些傻眼，但还是沉住气说："你们严老板呢？"

"我代表严爷。"

"是你严队侵占咱们的场子，你们擅自毁去地标是不法的。"

"法？什么法？哈哈哈……"

"叫你们严爷出来。"

"这事用不着严爷出马。"戈二掏出别在腰间的家伙，"我要你们立即离开咱严家的场子。"

"红金谷不姓严。"马青河嚷着。

"我数到'三',你们还不走,就开枪啦。"戈二举起手中家伙,数着:

"一……二……"

这时,人群里骚动起来,多数人畏惧地往后退缩。

冯金来想还手而不能,一时没了主意。

大伙本能地向后移动,只有打桩的一拨人站着没动。

马青河瞪大眼睛说:"我不做囊尿,你敢开枪?"

戈二数到"三",枪声响起。

马青山没想到戈二动真格的,一边随着人群仓促后退,一边大声喊马青河快走。

马青河却一直挺立着,随着一阵枪声倒在红金谷,再没醒来。子弹穿过了他的胸膛。

马青山抱住马青河痛哭。冯金来泪流满面,眼睁睁看着失去发小马青河,咽不下这口气。

他打听到严黑住处,叫马青山抬着马青河尸体直闯严黑营地。

马青山披着一块裹尸用的白布,身后十余人跟着。一路上,不少淘金的张望议论:"开枪打死人了,讨人命来了。"

"经常抢场子么?"问话人大概新来乍到。

"谁不想多捞金子?金老板们个个吃着碗里看着锅里。"

"马兰山大小挖卡几千家,哪一天不抢金场子、不打死人?有的小老板看到对方人多势众,尤其是遇上金霸头,就自动让出来,连一个屁都不敢放。"

"打死人咋办?"

"还不就是支付一两万块，两家私了。"

"没人管么？"

"天高皇帝远，无人区谁管？"

河滩上军绿帆布帐篷，一侧停着一辆战旗越野车。保安队站在离军绿帐篷五十米远的地方，阻止他们抬尸靠近。

冯金来弄清了严黑是马兰山一霸，听说在一次清场中，严黑被没收了枪支弹药、车辆、帐篷，后来他拿着金砖找了黄金管理和开发公司一把手，不仅要回了没收的东西，还被任命为金场管理委员会副主任，分得许多采金证。

这时冯金来也变狠了，说："你们严老板再不出来，我们就把尸体扔下。"

严黑听说要把尸体扔下，不得不露面。他个头不高，目光浑浊，摆摆手叫人把尸体抬到一边。冯金来要求交出凶手。严黑说，事已至此，不必意气用事，还是商量解决后事问题。冯金来不依，退一步要求凶手向死者赔罪。严黑拉下脸，只是轻轻哼了一声，叫保安队长戈二出来赔罪，戈二勉强低下头向尸体鞠躬。严黑不容他再提金场子的事，按打死人规矩，赔死者两万。

冯金来和大伙忍气吞声，抬着马青河尸体去山后，在矮坡下冻土层挖个坑，把尸体装入麻袋埋藏起来，紧挨着的一个坑里，是得了肺水肿去世的村上沙娃的尸体。到了天冷停工返乡时，他们把两具尸体装上车。路过西海一家清真寺，冯金来量了三丈白布，按民族风俗，为马青河举行了丧葬仪式。

这一年，冯金来分得的八千块，给了两个死者葬礼各三千，还去债款，只剩下五百块。爹妈不让他再走，村上人也不愿再跟他干。可是冯金来心不甘，他说尽管在马兰山淘金这么困难，经常死人，每年去马兰山的人还是有增无减。沙娃中流传着一句话："老板赚大头，沙娃拿零头。"冯金来已经想好，来年自己当老板。

春节以后，冯金来振奋起精神，借了一万块，与马青山、老二去邻村招工。现场竖立起一块贴有白纸的三合板，上面写着：欢迎沙娃们到马兰山金矿！下面写着优惠政策：每人每天基本工钱十至二十元，多劳多得，包吃包住。代购淘金证五百元，也可自己购买。冯金来还带着磁带播放机，大声放着挖卡上流行的《花儿·尕撒拉》：

> 提起我的家呀，
> 我家在循化，
> 白布汗褂褂呀，
> 青布尕夹夹。
> 千里青藏线，
> 处处有撒拉，
> 西部大开发，
> 建设小康家。

每到一地，都会招来不少围观群众。冯金来身穿新款仿皮袄，钱包鼓鼓地系在胯前，嘴里叼着过滤嘴香烟，向围观的人群宣传：

"马兰山方圆十几里山沟里金子麻拉拉的，每人每天采二三十克沙金，是鼻涕往嘴里淌，折合人民币两三百多块呢。男人去了回来，就会变得腰卡卡的，个个成为爷们。"

围上来的人多了，他拍拍钱包，拉开链口，显示"大救星"满满，吸引穷兄弟们的眼球。有些沙娃站在一边看看，又走了，他们拿不出买淘金证的钱。有一个沙娃一直转来转去，他们换了一个地方，他又跟过来。马青山说，想去就登记，别在这儿晃悠碍事。那人不吭声，眼巴巴地盯着冯金来，趁马青山和老二背过身去，还向冯金来招手，似有隐情。冯金来观他面相，老实巴交，便称自己去上个厕所。他拐进巷子，那人跟上来，要带他去他家里。冯金来问有啥事，他说家里穷，实在拿不出五百块。冯金来问领我去你家做啥，他不好意思地一笑说，去，你就会知道……爹娘病在炕上，自己实在没有法子。冯金来意会到他要做啥，想停住，但两脚还是不由自主地跟着走了。

两人走进土坯围墙的院子，屋里媳妇正抱住娃做针线活。男人看了冯金来一眼，然后叫媳妇给客人泡茶，他抱过娃转身出去。冯金来拦住他说，等一等。媳妇没有扎头巾，一绺头发挂在眉梢，面无表情，一直低着头。男人让她梳妆一下，冯金来说不用。

这时媳妇用手指拢起眉梢上的头发，抬起头来，露出瓜子脸蛋，两眼却堆满愁苦。冯金来内心悸动了一下，觉得她活像妈妈年轻时的面容。

于是他沉下脸说："你还是个爷么？咋能这样对待媳妇？"

男人看着冯金来一身土豪的打扮，一脸蒙。

冯金来又说："看你这副屄样子，咋不卖你自己，卖媳妇？"

男人脸上少许羞耻被无奈掩盖着。

冯金来丢下一张采金证，走了。

这个沙娃追出来，要跟着他干，冯金来让他到时候去马家营。这个沙娃叫马大宝，媳妇小名叫杏子。

他们走了三四个村，招有二三十人，沿途又招了十几个散户，共四十名沙娃。破例收下一个退伍兵，是准备学严黑建立保安队，这个退伍兵就是保安队长肖新建。冯金来在无人管的可可西里越来越放纵，强占金矿点，构筑工事。他恨严黑，骂严黑，在姿态和行动上却学着严黑。

10

吉恩闷着头开车，老井微闭着眼。我想活跃一下气氛，说遇到奇事，刚才看到拉琼搭冯金来的车回来。老井立马睁开眼，我没设梗，如实说冯金来特意把拉琼送到家，才回头去马兰山。老井怪我没有把冯金来带进屋来整一整，我明白他只是口头上凶巴巴的，假如这么做也会使拉琼下不了台。我说冯金来有勾搭拉琼的意图，老井问拉琼啥态度，这时吉恩才搭上一句，拉琼不会与他搭上。老井说，假如两人搭上呢？吉恩不耐烦，说，还是想想我们该做的事。但冯金来盯上拉琼的样子，似刺一般扎着我，老井朝我笑着，说你爱上了拉琼。我遮着自己说，没有，因为这小子不把我们放在眼里。

老井点烟，递给吉恩一支。吉恩吸了一口烟，说出心里疑问，一张采金证卖五六百块？老井知道的事多，他讲起1989年可可西里两万多金农遭遇雪灾前后的事。三四月间，采金证成了最为抢手的商品。四大金霸头都是带着金砖认门。他们把从西海黄金管理和开发公司领来的采金证，加价二十到一百元转手卖给金老板，再由金老板加价卖给金农……有人靠贩卖采金证发财，称为倒爷。一时间，采金证在官员及裙带关系中，在金霸头、倒爷、金农各色人等手里，转来转去，倒来倒去，一路飙升，每张采金证上升至八百元，最高升为一千五百元。老天爷实在看不下去，5月25日下起暴雪，被困的淘金车辆和沙娃，从五道梁下道交证过卡的车辆已行至十多公里，而正待过卡的淘金车辆差不多排至昆仑山口。副省长带着救援队到现场，一架直升机在低空嗡嗡地盘旋，撒下一捆一捆的大饼，接济断粮的沙娃。听说有个叫马大宝的，饿得眼睛发绿，拿到大饼狼吞虎咽，因为干吞硬咽，被撑死了。他死后没人收尸，救护人员找到淘金队，要求把死尸抬上车，姓冯的金头开始摇手说，他不是咱们村的。救护人员问，你知道他是哪个村的？姓冯的金头还算有人性，提供了村名人名，否则马大宝就成了无名尸，他收容了死尸。这个吃大饼撑死的马大宝也出了名。老井所说"姓冯的金头"就是冯金来，我还想知道马大宝死尸被运回村的情况，老井摇手。他接着讲副省长指挥撤退，规定按采金证下发价退款。金农们不依，闹翻了天。哈拉直沟的十个沙娃，买采金证，每人花了一千四百块，只能退两百。那些被中间商刮去的一千多，公家不给，只能自认倒霉。而这一千多加上凑份子买车的钱，就有四五千，这对于贫困山区的农民是个天文数字，这些投入不少是借款或以房屋牛羊抵押凑齐的，啥时才能还清债抬起头来呀？还有许多金农进卡后采金证又被金头倒卖了，没有证退不到钱。大多数金农死活不撤，想等天晴再进去。在这次灾难中，官方宣布有四十二名金农死亡。《经济日报》记者在内参中说，暴风雪中饿死冻死二百多人。这场灾难惊动了国务院，省长和主管副省长都受了行政处分。这次灾难还连带出重大经济案件，国务院监察部专门派来调查组。一时间炙手可热的人物：西海市那位捧着装有沙金的火柴盒发誓的副市长，市黄金公司副经理，省××办公室主任以及严黑等四大金霸头，因为受贿行贿被撤职查办判了刑。最后老井说了一句："苍天有眼。"

沉默。

吉恩叹息说："老井，你比我知道得多。我只看到表面，哪想到里面暗流涌动，令人惊心动魄。"

老井说："我呀，是三脚猫，听的小道消息多。你呀，虽然有思想，精通业务，但也书生气，对官场还不如我这个门外汉看得清哩。"

"嗯，旁观者清嘛。"吉恩颇有感触，"这些淘金的农民不容易，我们要善待他们。"

老井说："冯金来也是农民，来到可可西里以后成了土匪，如何善待他？"

吉恩仍然说："可他祖祖辈辈都是农民。"

我说："鲁迅有句名言叫'哀其不幸，怒其不争'。"

吉恩说："嗯，我也记得鲁迅这句话，这种人的劣根性，在无人区充分暴露出来。我们在执行任务中，既要坚持原则，也要治病救人。"

车子像失去目标似的，绕着马兰山来回转圈，最后又来到后山麓。吉恩停下车，点起烟和老井一道抽着。老井说："再去会一会冯金来，且不说别的，就冲他炸山坡，筑工事，对马兰山植被破坏严重，要罚他款。"吉恩说："嗯，老井说得有理，我们就抓住他炸山坡，筑工事，勒令他立马拆除工事。"吉恩没带来帽子，我把帽子给他供对暗号用。

车子开向土碉堡，沟口已用石块堵住，土碉堡里面也没有动静，也不见巡逻保安出来。吉恩怕挨黑枪，连续按了几声喇叭，这时从土堡口里伸出一双手来，摇摆着，意思是不让进。我们奇怪，保安队咋不放枪？车子停在一边，三个人迂回到土堡后侧，爬上坡一看，金场子空无一人，只剩下两顶帐篷。我溜去看了，帐篷周围没有人影，冯金来的军绿帐篷门锁着，可能因为金子已淘光，冯金来把民工都打发走了。吉恩认为冯金来没有走远，便去土堡打听。

土堡后侧有个门洞，我溜到洞口，侦察到里面有两个人，脚上戴着脚镣。我不敢相信自己的眼睛，保安咋会戴脚镣呢？为什么要让他们戴脚镣？哪来的脚镣？我顾不上细想，睁大眼睛看了又看，突然听到哗啦一声，有一个转过身来。哎哟喂，他蓬头垢面，像个野人，我差点叫出声来。好在门洞矮，我蹲着看见他，他不低头弯腰看不见我。我对两个人喊话，土堡内却没有动静。我说会解救他们，才听到两人叽咕，一个问："你们干啥的？"这时吉恩已走过来，说："不要怕，我们是政府的，会保护你们。"我让他们丢下枪到洞口说话，吉恩说他们手中可能没有枪。

土堡内满是啃剩下的野生动物骨头与大小便，气味难闻极了。两人磨蹭了半天，才挪到洞口。借着外面的光，我们才看清两人的面容，一个个头不高，胡子拉碴，目光迟钝；一个披着长发，只露出留有刀疤的半张脸。

我看清楚个头不高的铐了一只脚，脸上有刀疤的铐了两只脚。我先问："你们叫啥名字？"

个头不高的回答说："我叫何二高，他叫甘一平。"

老井听声音熟悉，定睛一看，说："何二高，我终于知道你的名字了。"

何二高认出老井，低下头。

老井又说："看来老板优待你，只铐了一只脚。"

吉恩打量着这两个人，问："为啥给你们上镣铐？"

何二高仍低着头，不说话。甘一平看着我们傻笑，从一绺头发的缝隙间可见两眼，整个人神经兮兮的样子。

吉恩看出脚镣是用铁链扣上的，要给两个人解开，何二高却摇手。

吉恩问："拿事的去了哪里？"

何二高说："拿事的出去不会跟我两个讲。"

吉恩又问："你俩为啥不走？"

何二高说："我俩不想走。"

我和老井都感到奇怪，冯金来这么虐待他们，何二高还说不想走。吉恩感到有隐情，便让两人挪出洞口，坐下来说。

两人坐下来以后，老井问起山洞里死尸的事，何二高说死尸都带走了。甘一平说马青山回去给死尸注册了。我说：你们偷了别人家的死尸？甘一平笑嘻嘻地点头，并用手指着山洞。吉恩眉头皱着说：你们竟干出这种缺德的事来。何二高看着老井央求说，千万别对拿事的说，拿事的知道了，会弄死我们的。老井点头，问两人有没有参与偷尸，何二高吓得直摇手，甘一平仍笑嘻嘻地点头。两人叫肚子饿，吉恩让我去车上取些饼子给他俩吃。

两人见到饼子狼吞虎咽，也有了精神。吉恩要两人把戴脚镣的事说个明白，我们都坐下来，听两人讲。甘一平总是看着何二高，开始何二高不太敢说。吉恩说，你把真实情况讲出来，我们才好帮助你。这时何二高才说，要求金爷给他俩开工钱。马青山以招"特殊人才"为由骗他俩进来，冯金来派保安队监督他俩干最重最脏的活，理应与别人一样有工钱。他们现在身无分文，哪儿也去不了。拿事的怕我们拿了他们的东西，偷偷溜走，就给我俩上了脚镣。

"他们剥削咱们比地主资本家还狠。"甘一平攥紧拳头叫着，并拉扯何二高，要他讲马青山卖尸连累别人挨揍的事。何二高低头不语，老井要他讲，他被迫无奈的样子，称也是听来的。

去年八月，采金队纷纷往回返。冯金来叫他两个留守，事情就发生在淘金队离开的前一天下午。马青山打听到一处洞穴里尸体没人要，他脸上浮出微笑，打算把这具尸体转卖出去。

他不敢到淘金队去，一个人遛着，好半天才遇上一个沙娃，主动与他搭讪，给烟抽。马青山得知这个哥儿在拿事的面前说得上话，便和他往正题上聊。这个哥儿也姓马，马青山称他马哥。

"马哥，知道省上新发下文件么？文件规定对在马兰山淘金死亡的人发放抚恤金。"

"还发抚恤金？多少？"

"每人八千，要有死尸为证。"

"八千哪，我们活着的也没有挣到这么多。"

马青山凑近他："不再赚点儿，回家咋够呀？"

"马兰山除了金子，还有啥能赚的？"

"捡废品、收死尸，哪一行不能发财？"

"你的意思是收死尸？"

马青山笑着。

"虚报能成么？"

"要有马兰山死尸做证明哈。"

"咳，哪有呢？人家有死尸，都要带回去。"

马青山吸了一口烟，编着说："也有散客死了，无人收尸。我就收留一具，已十几天，没人来找。你要，就给你。"

"说个价？"

马青山竖起一只手。

"五十块？"

马青山不予理睬，神气地抽着烟。

"你要五百块，高了，冒名顶替是很担风险、很麻烦的事。"

马青山对马哥开始刮目相看，放低姿态："打五折，给个回家路费。"

"再打对折。"

马青山仍不予理睬。

"一百八，是个吉利数。"

马哥站了起来。"就图个吉利呗。"马青山只当丢掉，比一分没有强。

两人约定了晚上交货的时间与地点。

大清早，马哥被一群人打得皮开肉绽，正朝这边张望着寻找马青山。马青山知道这群人是死尸原主，不知马哥咋被他们发现逮住的，不由心内一阵战栗，他把脸埋到了裤裆里，幸而车子已开始发动。

何二高称这事是听一个沙娃说的，这个沙娃的老乡在马哥的淘金队。

吉恩抽了一口烟扔掉，站了起来。甘一平捡起烟屁股，吉恩让他扔掉，掏出两支烟给两人抽。他对老井和我说，要严厉打击贩卖尸体的不人道行为，并让我综合何二高两次口述，编一份简报报省上。

突然传来嘭嘭的枪声。

甘一平兴奋地说："是打羊的。"

吉恩问："谁打藏羚羊？"

两人不吭声。

吉恩又坐下来，问："冯金来开车出去打藏羚羊了？"

"不知道。"何二高见吉恩盯紧他，又说，"每次回来都要带一只，烤熟了，也给送来一点。都是姓肖的保安队长跟着他。"

天色已晚，荒原上又传来枪声。

甘一平兴奋地竖起耳朵，挣脱着脚上的镣铐。

老井小声和吉恩嘀咕着，怀疑甘一平精神不正常。我说见到冯金来时问问，为啥给他铐双脚。

吉恩没说啥。他问何二高："冯金来是不是带着保安队出去的？"

何二高说："保安队解散了，就留老肖一个。"

吉恩又问："现在一共多少人？"

何二高说："大概五六个人，具体我也不清楚。"

我问："他们打藏羚羊卖么？"

何二高说："不知道，拿事的啥事都不会跟我们说。"

最后吉恩要他两个尽快离开可可西里。何二高又提出工钱的事。吉恩说："我会敦促冯金来给你们打开镣铐，工钱的事，也帮你转达。"说完，他站了起来，甘一平又要烟抽，吉恩给了他一支。

11

吉恩见到嘉洛牧民来信，反映有人添置渔网和猎枪，把河里的鱼都捕光了，最近又背起猎枪，去山坳里打死一只雪豹。这封信已经搁置了几天。突然接到阿叔电话，说奶奶病情又加重，吉恩叫我一道回一趟洛原，并让我处理群众来信。

这天上午，吉恩一开完会就往老家赶。车子在石块泥巴垒砌的低矮的院子门口停下，阿库和央拉等站在门口。央拉带着顿珠已来了几天。阿库仍穿着藏袍，戴着黑色毡帽，鬓角已有白发，两眼和善，依然炯炯有神。吉恩躬身问候，并说来得匆忙，没顾上买礼物。阿库摇手，央拉带阿哥去见奶奶。我也跟着进屋，央拉叫人给我倒了一杯奶茶。

房内炕桌上点着九盏酥油灯，映照着佛龛内的佛像和珠姆像，奶奶半躺着身子，两手捏住佛珠，转经筒也摆在手边。炕前屋角坐满儿孙，和央拉坐在一起的是阿爸和阿库。吉恩坐在炕头，握住奶奶的手。坐在房门口的邻家奶奶对我说，奶奶儿孙满堂，是有福之人。

奶奶见到吉恩，眼里有了暖意，大家都意会，这个有出息的孙子是她最疼爱的人。但她嘴唇枯涩地抖动着，却说不出话来。吉恩耐心地陪着。央拉说，阿哥，奶奶一直念叨着你，见到你了，有些激动。

央拉注意到，吉恩一进来，眉头就一直锁着，她不明白是什么原因，只能朝奶奶病重方面去想。

奶奶平静下来，眼睛睁大了，伸出干枯的手，吉恩急忙把手靠上去，让奶奶握住。奶奶嘴唇颤抖着说：

"我剩下一口气……死神在眼前……天堂……在招手，"她喘息着，停了一会儿，"我穷，没有财产……没有舍不得、放不下的东西……我一辈子想的是修行……永远不离开菩提心……"

吉恩理解奶奶的话，从小他就听奶奶讲过：有个比丘临死时，舍不得自己的钵盂，来世转生为一条毒蛇，专门守护这个钵盂。有个人临死前，贪恋一颗精美的松耳石，死后就投生为青蛙，四肢紧紧抱住那颗松耳石不放。他在民族中学做教师时，才知道这是《极乐愿文大疏》中说到的故事。

"奶奶，现在经济条件好啦，而且会越来越好，您好好活着……"

吉恩安慰奶奶，没想到奶奶松开他的手，闭上眼睛，拿着佛珠念经。

吉恩默默地看着奶奶。不一会儿，奶奶又睁开眼睛，握紧吉恩的手，让他扶她坐起来。央拉说，奶奶见到阿哥，就有了精神。房间内的人都感到高兴。

奶奶穿着藏族老人常穿的黑衣裙，梳着许多辫子。她手里不停地拨弄着佛珠，看着吉恩说：

"天冷，不戴帽子，从小到大都不戴帽子。"

吉恩说："不冷，奶奶。"

"你总说不冷。下大雪，你把袋子套在头上，也不戴帽子……"奶奶枯皱的嘴边浮出些笑意，"八岁那年，你把炒面省给阿妹吃，自己吃草根，还说不饿……留给你一块糌粑，一口就吞进肚子，还说不饿……"

难得奶奶这个时候还想着他艰难童年的那份苦涩和纯真，吉恩感恩奶奶，说：

"我记着哩。小时候虽然苦，但那种纯真也很美好，它会一直留在我心里，永远抹不去。"

奶奶握住他的手，连连说"好"，接着又问："你还记得十八座神山……山那边的草原么？"

"我不会忘记，莫拉！"吉恩眼眶都湿了。

"小时候着迷听说唱，一有说唱，你就挤在人堆里听着不回家。达瓦家爷爷问你梦里拿了个啥，你傻愣着，回来问我。我跟你讲，很早以前，传说一个放羊娃躺在石头上睡着了，梦里见到一大堆经书与金银财宝，神问他要啥，放羊娃拖了一堆经书，醒后白天变得疯疯癫癫，找活佛洗礼，打通经脉，变成了说唱神童。他一字不识，却对《格萨尔王》一百二十部倒背如流，牧民们都喜欢听他说唱。你一心想读书，梦里应该也是拿了经书，你偏说没有做梦。"

吉恩露出孩子似的笑。

奶奶只顾说："我和你的爷爷都拿了金银财宝，可都发不了财。你的爷爷信珠姆阿爸的善行。珠姆阿爸本来是个乞丐，一天遵照莲花生大师的旨意，一直向东走，到了天河白海螺湖，他就虔诚地守在湖边。莲花生大师曾给龙宫消灾，带着许多财物回到人间，他没有到白海螺湖来，而是让龙宫派出一只羊羔来试探，这个乞丐见羊羔孤单可怜，便善待这只羊羔，精心抚养。后来，这只羊羔一变二，二变四，成倍翻，羊越来越多，如天上的白云，漫遍嘉洛草原。他的财富越来越多，乞丐变成了富翁，并生下绝代佳人珠姆，成为十八诸侯国中最耀眼的一国。那年你的爷爷兄弟到天河，去了白海螺湖边，发誓要学乞丐，后来有了家庭，只想好好放牧过日子，知道发不了大财。"

吉恩知道这个故事，说："奶奶，你给我和阿妹讲过，我记着哩。人生在世，要积善积德，只要靠我们的双手和智慧去创造，财富就会像羊群一样越来越多。"奶奶点头，又把目光投向央拉，央拉也靠上来，奶奶脸上露出欣慰的笑，嘴唇微微颤抖着说：

"阿哥去西宁上大学，他的衫子省给你穿，上面还写着啥字……"

央拉接上说："是阿哥的一件新运动衫，衫子上印有'青海民族学院'，当时我可喜欢了，穿了两三年舍不得扔。"

奶奶又说："记得你刚工作的那年回来过年，还没有通车，阿库牵着一匹马去接你们兄妹。从县城到洛原有两百多里，阿库带着你俩走了三天多才到家。那几天，我可急啦，咋走这么长时间呢？会不会出事？终于听到孩子们的叫声，我走出去一看，两个男人各牵一匹马，阿妹坐在阿哥牵的马背上，阿库牵的马背上叮叮当当全是礼盒，堆得像小山似的。央拉跳下马，跑过来拉住我的手，说：'阿哥说了，等有了房子，要带奶奶到城里住。'我说：'我才不去哩，那么远，我咋习惯在城里住？金角落，银角落，不如毡房穷角落。'兄妹俩都是城里人打扮，央拉说，拿到工资就上街买衣服。央拉好看的白果脸也变白了，两颊红润，好看得像朵格桑花。你也一样，站在那儿，一脸英气，已长成高高大大的男子汉，棉夹克敞着，也不戴帽子，浓眉大眼，都蓄起胡子来了。许多人跑来看，大人们都说不认识小兄妹俩了。是呀，你在家一年四季都是一件羊皮袍子，放假回来放牛犊都把书本带着，如今终于熬出头了。"

奶奶有些激动，两手不停地拨弄着佛珠，眼角耸起的皱纹颤抖着。吉恩让她歇息，并帮她拭去眼角的泪滴。奶奶说不动了，认真捻动着佛珠，念起经来。

吉恩等奶奶歇了一会儿，问她有啥愿望？奶奶状态变差，喘着气，说话很吃力，断断续续的，听不明白，但吉恩听得懂，意思是说，我修行了一辈子，永远不离开菩提心，期待功德圆满，请大师为我超度。这似在吉恩意料之中，他点头承诺。

奶奶神志已不清楚，又念叨起孙子，吉恩握住奶奶的手说："奶奶，我在你身边。"奶奶的手无力地动了动，又闭着眼，嘴唇微微动着，不停地念经。

我喝完一杯奶茶，起身去处理群众来信。我了解到置买猎枪打藏羚羊的叫达瓦，便和牧委会副主任玛杰去他家里。

离达瓦家门口不远处，看见达瓦阿妈跪倒在路口玛尼堆旁，面对草木、河流、青山，虔诚地叩头祈祷，然后又从囊袋里掏出刻有动物保护神及经文的石块，放置在玛尼堆上。

夕阳映照着她那苍老的面庞，满脸皱褶间尽是焦虑不安。我们走了过去，听她说儿子达瓦背起猎枪，去山坳里打猎，盘羊、岩羊、藏羚羊，什么都打。罪孽呀，罪孽……玛杰说达瓦对生灵开了杀戒，老人们认为族内出现了灾星，对达瓦阿妈冷眼相看，传话要她惩罚儿子，消除灾星。大家纷纷念经，祈求赎罪消灾。阿妈说一直规劝儿子改邪归正，可是达瓦不听她的，还说她思想愚昧，跟不上形势。阿妈内外受气，精神压力很大，她代达瓦受惩罚，每天都一步三磕头，为达瓦祈求赎罪，保佑大地上的一切生灵。前一段日子，阿妈又去转山，可是去达瓦打猎的山坳，要走大半天，转山没有路，她还是跌跌撞撞地走着，被石头绊倒了，她不知道到了哪里。在一片漆黑中，她恍惚看见怒气冲冲的山神，率领鸟神、兽神直奔她而来，大叫着要她带他们去捉拿达瓦。她吓得一直跪在石头前。达瓦在半夜里掌着灯到山里找阿妈，天亮后，才发现她昏倒在石头下。阿妈醒来，看见达瓦像发疯似的推他快跑，达瓦要背她回家，她惧怕地颤抖着说，我为你接受惩罚，你快跑呀。达瓦说，接受啥惩罚，我不信。阿妈心急如焚地说，你再不跑，阿妈就撞死在石头上。达瓦直摇手说，别别……我走。达瓦走后，阿妈情绪才稳定下来，静静地跪着为孽子祈祷赎罪。

我对阿妈说，达瓦一回来，就告诉玛杰，让牧委会做达瓦的工作。

吉恩听了这些情况，仍问："达瓦还在打猎么？"

玛杰说："现在背着阿妈去更远的地方，靠打猎赚点钱，买些白面回来。"

"他家牛羊呢？"

"去年就卖了，达瓦不愿再放牧。"

"达瓦还有别的打算么？"

玛杰摇头。

只见吉恩皱着眉头，他得知达瓦打猎，眉头就皱起。这时，央拉跑出来叫阿哥吃晚饭，玛杰转身走了，吉恩又喊住他说："你给我带个信，让桑泰主任找一下达瓦，叫他不要再打猎了。"玛杰站住应诺。

奶奶见到儿孙们，病情稍有好转。吉恩要连夜赶回去，参加明天上午的县常委会。临走前，央拉对吉恩悄悄说："阿哥，去贡萨寺拜见一下秋吉大师。"吉恩知道央拉的意思，是为奶奶归天做个准备，他只是点点头，车子却没有去贡萨寺。央拉知道阿哥当了领导，做啥事都考虑影响。

没过几天，奶奶走了。吉恩带着塔尔寺的弘法大师回乡为奶奶超度，原来一个月前，他得知奶奶病重，从可可西里回来路过西宁时，已去塔尔寺约请过弘法大师。奶奶安静地闭上眼睛，去了极乐世界。

12

夜幕降临，荒原上零零星星地响着枪声。枪声从马兰山与可可西里湖一带传来。前面快到可可西里湖，突然发现左侧丘地上有藏羚羊，大概有十多只向可可西里湖方向奔跑。这不是往虎口里送死吗？吉恩说罢，猛踩油门，吉普车轮子腾空又落地，我和老井吓了一跳，吉恩却稳住着。可是，这群藏羚羊不知是要摆脱车子，还是不甘示弱，在荒原上奔跑得更快。月亮升起，可可西里的月亮仍像秦时明月，只是有了点儿淡淡的忧伤。今晚嫦娥展开眉头，以清晰柔和的光亮照耀着吉恩驾驶的小车与荒原上的藏羚羊奔跑的场面。这群瘦小的藏羚羊奔跑的轻盈姿态，融入月色里特别美，但偷猎者的枪口正张着血盆大口等待着它们哩。吉恩猛踩油门，车轮腾起如飞，我和老井的心都悬着。车子终于跑到了藏羚羊前面，使这群藏羚羊改变方向，离开偷猎分子活动的区域，避免了美丽生灵被猎杀的悲剧。

藏羚羊通人性。吉恩耐心赶着它们走了二三十里，停车时，藏羚羊知道人类是为它们避险，亲昵地叫唤着，走了不再回头。老井和我看着这一幕，惊叹不已。

车子回到可可西里湖，我们一阵欣慰之后，情绪又变得低落。吉恩开着闷车在荒原上徘徊。

"打藏羚羊的多了起来。"我找话茬。

"藏羚羊皮毛比羊皮毛值钱？"老井直接提问。

隔了片刻，吉恩说："藏羚羊毛与羊毛不是一个档次，藏羚羊是高寒地带的珍稀动物，绒毛稀有珍贵。唉，这些可爱的藏羚羊要遭殃啦。"

老井说："你对藏羚羊挺有研究。"

吉恩说："我看到一份资料，1958年前，青藏高原藏羚羊不少于一百万只。八十年代以后，印度、尼泊尔、克什米尔等地藏羚羊全部消失，青藏高原特别是可可西里成了藏羚羊最后的栖息地，加上在阿尔金山一带活动的，藏羚羊种群数量也就是十六万只左右。可可西里这么广袤的高寒地带是藏羚羊生存的宝地，如果我们再不保护，藏羚羊被猎杀光了，就等于牧民家里没有了马牛羊，可可西里就失去生态平衡，失去原始自然状态。"

吉恩停下车，沉默了片刻，说："我们跑淘金点，不用再收费，而是发布禁止淘金的公告，动员留守看盘子的赶紧回家。只有这样做，才能避免藏羚羊遭受猎杀，同时也守住未开采的矿点。"

老井说："进入可可西里的口子已经打开，靠我们三个人，金头见了恐怕眼皮子也不会抬一下。在无人区，谁会听你卖嘴皮子？"

吉恩说："目前只能这样，我们一边宣传一边了解情况，回去再向上报告。"

跑了两天淘金点，极少见到老板，大多是三两个留守看盘子的，我们向这些人宣传，他们不是说做不了主，就是翻白眼。于是，我们又改变主意，重点跑人多的淘金点，他们冬季留下来必定是打藏羚羊的，可是老板对他们统一了口径，说是淘金的。老板一见到我们的车子就躲了起来，有的去了西海。总算遇上没有设防的，下午有一帮人在帐篷内打牌，我叫出两个袖手旁观的，给他们烟抽，两人直言不讳，说晚上出去打羊。

老井问："打羊咋卖？"

两人这才问："你们是干啥的？"

吉恩说："收皮子的。"

个头矮些的说："大拿事的把皮子弄到西海卖去了。"

吉恩问："大拿事的姓啥？"

个头稍高的说："大拿事的姓韩，二拿事的姓马。"

老井问："皮子卖多少钱一张？"

个矮的神秘地说："听说一张皮子七八十块哩。"

吉恩问："这个收购皮子的在西海啥地方？"

两人开始怀疑我们，不再说话。

吉恩也亮出真实身份，要两人转告大拿事的，猎杀藏羚羊是违法的，赶紧带大伙回家，明年不准再来淘金。他说完就踩响油门："回去，去西海黑三角看看。"

老井说："你把两个人吓呆了，大拿事的知道了，非罚他们不可。"

　　来到西海西街，车子停在黑三角巷道口。这里有三条巷子，会合成三岔口，三条巷都是黑洞洞的，只有三岔口才有店铺，才有街市，中心还有个花坛。天色已晚，店铺、饭馆、发廊、浴室等亮起灯光，中心花坛里有一根水泥灯柱，顶端的塑料灯罩破旧，有一大块黑斑，周围水泥坐台和路面若明若暗。

　　花坛周围有一些人转悠着，一个戴毡帽的商人模样的人朝我们看，吉恩沉下脸，老井走向前，装着来卖藏羚羊皮的，与这个商人搭上。商人开口价每张皮子八十块，老井加价至一百块，商人一口答应。老井问，你收购这么多皮子卖得出去么？走私商人一笑说，你给我十万张，也不嫌多。这里买主多卖主少。老井诈他说，前天遇见一个老板以五六百一张收购呢。走私商人说，只要有现货，价格还有上升的空间。老井又小声问，皮子销往哪儿？走私商人摇手，他知道老井没有皮子。吉恩忍耐不住说，藏羚羊是国家一级保护动物，猎杀和进行皮子交易都是违法的。走私商人一脸疑惑，朝吉恩和老井看着。老井说，老兄，你做的是危险交易，收手吧。这时，走私商人才走开。

　　接着又与一家收沙金的店铺里的人闲聊，老板见我俩不是淘金的，也不像二道贩子，不愿和我们搭话。后来就进了一家饭馆吃晚饭，饭馆内八张餐桌已坐有客人，只有挨着门口的一张餐桌空着，我们便在这张餐桌坐下。

　　里面两张桌上坐着的像是从可可西里上来的，腰包内钞票塞得鼓鼓的，我看见冯金来背朝我们坐着。桌上摆着三四瓶互助大曲，六七个人正喝到兴头上。我问要不要换一家饭馆，吉恩说不用。已经五六天没吃上一碗热饭，吉恩和老井喜欢吃水饺，于是每人来半斤水饺，要了一瓶互助大曲，又点了一盘花生米下酒。

只见服务员把大碗大碗的热菜端到里面桌上。我叫服务员，催促上酒与花生米。这时冯金来转过头来，看见我们三个，只当没有看见。我告诉老井，他就叫冯金来。

吉恩坐在窗口，注视着外面中心花坛那些转悠的，发现又来了两个收购藏羚羊皮的。接着走上来两个戴墨镜的，叫着"杆杆钉钉"（枪支子弹）。他皱着眉头，要我起草一份关于制止藏羚羊皮黑市交易的报告。老井说，报告提交给谁？这里是西海。我说，要不，给省上写人民来信？吉恩说，直接写给西海市政府。

这时，有一个戴着长檐帽的中年人走进店来。他站住，环顾店内餐桌，脸上挂着微笑，然后目光落在我们这张桌上。吉恩与他打招呼，他点头哈腰坐了下来。吉恩问他是哪里人，干啥来的，中年人没有立即回答，而是掏出中华烟，给我们每人一支。吉恩已点着一支，摆摆手没有接。他接着说：

"听口音你是四川人？"

中年人点头。

吉恩又问："来这里做啥生意？"

中年人打量着眼前这位干部模样的藏族人，认定他们不是偷猎的。这时服务员端来了酒和花生米，中年人站了起来。

我接着吉恩的话茬，问："老板做啥生意？"中年人仍然微笑着说："开饭店的。你们慢用。"我和老井都认为这家饭馆是藏羚羊皮黑市交易点，吉恩说没有证据。他脸上又浮出自嘲的表情，称"已跟不上形势"。

这时冯金来那两张餐桌猜拳行令，声浪此起彼伏，其他餐桌上喝酒的，也跟着热闹起来，时而冒出"黄球鞋"（与"打羊的"一个意思）。"杆杆钉钉"，这正是在黑三角与可可西里开始流行的黑话。吉恩预感到，可可西里将面临一场大规模猎杀的灾难，他坐立不安，顾不得喝酒，吃完饺子，站起身要走。老井把花生米打包，和酒一道带着。我走到里面向冯金来打招呼，冯金来抬起头，脸上挤出点儿笑。

我说："冯老板，现在改行打藏羚羊了，是吗？"

冯金来不理睬我，转过脸去，端起杯敬坐在他一侧的"韩老板"酒。

老井和吉恩知道，这个"韩老板"就是来卖皮子的大拿事的，叫韩中铭。挨着韩中铭那个吊眼睛、戴旧军帽的，叫马高成，是二拿事的。

老井走过来，说："韩老板，你们从啥地方来的？"

韩中铭一副很"跩"的样子，只顾啃羊腿，他瞟了老井一眼，不做回应。

老井亮出可可西里工委的身份，说："今天带多少张皮子来卖了？"

韩中铭这才把手中筷子停住，不满地说："查户口吗？"

吉恩走近说："我们可可西里工委是管理可可西里这片土地的，为了保护可可西里，不许有人再在可可西里淘金、打藏羚羊。藏羚羊是国家一级保护动物，猎杀藏羚羊是违法的，我诚恳地奉劝兄弟们，不要再去可可西里，回家乡靠双手致富去吧！"

冯金来低着头，脸也冷着。这一帮人正为抓到发财的新路子而欢庆，谁会想到这时会出现挡道的，一个个仗着酒劲，攻击起吉恩来：

"咱们打的是野羊，你们管得着么？"

"不让咱们打羊，是存心与咱们过不去。"

"咱们是交了钱进来的，你有啥权力叫咱们回去？"

"他们不是政府的，政府的不会不让咱们淘金打羊。"

"是吗，政府不会不让咱们发财致富。"

"你是哪儿来的？"

……

韩中铭瞪起眼，挥舞着手说："娘的，把他轰出去……"

两桌人跟着起哄："轰出去！"

"轰出去！轰出去！"

"……"

冯金来坐着没有吭声，一直朝吉恩看。

老井和我赶紧拉着吉恩走出来。

老井说："这不是在天河县，他们不认你这个官。"

我说："你称他们兄弟，他们却这般损你。"

吉恩说："他们没有保护野生动物的意识，认为我挡了他们的道。"

老井说："你要是在天河县说话，谁敢对你说一个'不'字？"

吉恩说："靠权力说话，容易掩盖正确与错误的界限。"

老井一笑："我说一句不恭敬的话，你这是书呆子气。在可可西里，无法无天无真理可言，谁有势力谁为王。"

吉恩说："这种现状迟早会改变的，可可西里是一片净土，不允许滥挖滥杀。"

他嘴上这么说，心内还是一片迷惘和忧虑。上车以后，吉恩要我起草一份反映可可西里猎杀藏羚羊的动态与调整可可西里工委职责的报告，用合理开采兼保护的提法，这样可可西里工委打击猎杀藏羚羊的行动才名正言顺。

老井说："就靠我们三个赤手空拳，谁怕？刚才饭馆里的场面，你已看见。"

我说："我们得有枪，偷猎的都有枪，没有枪不好对付他们。"

吉恩说："我们不能随便开枪，只有公安干警才能配备武器。"

我说："那么就在报告里要求增加公安干警的编制。"

吉恩说："写进去不会同意，要专门打报告。"

"啥时打这个报告？"

吉恩没有直接回应，只是说可可西里属于森林公安，省里有这个部门，要先咨询一下。

车灯穿透黑洞洞的巷道，一只黑猫的绿眼睛忽闪了一下，腾地攀越破旧的墙壁跑了。

13

回到县上，吉恩拿着报告向罗追书记汇报可可西里淘金老板转向猎杀藏羚羊的情况，罗追虽在报告上签了同意，但没忘提醒，说："老吉，利国书记亲自定的可可西里工委的职责，可不能变哟。"增设可可西里森林公安派出所，要得到省里批准，这是刚被提拔的县公安局局长巴桑旺杰告诉他的。吉恩明白，罗追同志对开采兼保护没有异议，一旦提出成立可可西里森林公安派出所，就有喧宾夺主之嫌，他一定会感到为难，因而没有请示罗追。他也想到州上利国书记，只有他点头，罗追同志才会照办。但他心里有数，提出保护可可西里的藏羚羊，利国书记不会像提出开发和利用可可西里的资源优势那样感兴趣。确如罗追所说，可可西里工委的职责是他亲自决定的，还指望通过可可西里的资源开发，把州里经济搞上去哩。吉恩似有一种如履薄冰的感觉，从来没有这么犹豫与彷徨过。

回到家里，曲珍见他一只手捂住胃部，给他倒水递药。她知道他心内有事，劝道：

"不要这么苦着自己，我去找罗追书记说，你胃病经不起挨风寒吃冷饼子，请求把你调换回来。"

"你千万别去找，有一点小病，咋能要求回来？"吉恩靠着椅背。其实黑三角小酒馆里偷猎团伙轰他出来的场面，在他脑海中挥之不去。

"那你就按照王利国、罗追两位一把手的意图办，别想着干其他事，那样吃力不讨好，难受的日子在后头哩。"妻子两眼盯着男人，期盼他答应自己。

"嗯……唉……"吉恩掏出一支烟来。

妻子立即摁住打火机，说："胃痛还抽烟，你咋不知道保重自己？"吉恩丢下香烟，妻子又嘀咕起来："别站在悬崖上啦，你成天把心绷着，我的心也悬着。还是尽早退下来，让别人去干。"

吉恩靠在椅背上，微闭着眼睛，不吭声。

"累了，去铺上躺一会儿。"曲珍见旅行包沉甸甸的，"啥东西，这么沉。"

"别动，我来。"吉恩很快站起来，先取出旅行包内商场的服装袋，"这是给你买的头巾和孩子的衣服。"

"在西宁买的？"曲珍一高兴，声音也变得温柔。

接着，他搬出一大堆书和资料。这次吉恩在西宁停留了一天，又去了可可西里科考队的一位专家那里，回来后和我们一道逛了商场。他和科考队专家谈论的具体内容，一直没有透露过，只知道他从专家那里获得不少有关可可西里的资料。其中有《濒危物种名录》《青海省自然地理》等，还有两本自然环境考察方面的杂志。

曲珍把新衣服穿上身，照照镜子，问男人："好看不？"

吉恩专注于翻阅书籍资料，没有反应。

曲珍不快地唠叨起来，又提起卧室吊顶的事。

吉恩捧起一本书，朝她看，然后翻开《濒危物种名录》，坐下看了起来。曲珍见此，不快地瞪了他一眼，就离开了。

吉恩偷笑，没想到这一招挺灵。两人开始恋爱的时候，书是牵缘的红线。曲珍知道吉恩爱看书，就有意记住他喜欢的书名，然后向他借了看，不仅表示她也喜欢读书，并喜欢他喜欢看的书，博得了这位帅哥的好感。这样借书还书，一来一往，情书就夹在扉页里。如今每当曲珍嘀咕不完时，吉恩就拿出书看，使曲珍想起青春热恋的日子，她自然不会再嘀咕。

只是曲珍嘀咕卧室吊顶的话，犹在吉恩耳边回响。一年前房屋建成之后，他打算把卧室吊个顶，却一直没有抽出身来做这个事。也许他感到自己做得有些过分，也许他心里有些失落，看书看不进去，便丢下书本说：

"卧室吊顶，在我脑子里记着呢。明天，明天就做这个事。"

他随即翻看电话簿，给装修公司打电话。曲珍难得见吉恩丢下书本，于是说干就干，赶紧收起衣服，去里屋拾掇，腾房间。可是，没料到第二天一早，我跑上门来，通知吉恩去州府，王利国书记召见他，他眼皮子跳动了一下，只得打电话回掉装修公司。

曲珍拉着脸坐着，昨天她请人来抬橱柜，一直拾掇到晚上，竟白忙活了一场。吉恩知道利国书记召见他后，没有时间再待在家里，让我和他一道把橱柜等大件搬回里屋。接着，他催我去办公室，把锁在柜子里的所有子公司的营业执照和公章，都装入公文包带着。我答应着朝外走，心里却疑惑，去利国书记那儿汇报工作，带着这些做啥？吉恩留下来，又往里屋搬东西。曲珍见车子在外面停着，说："走吧，让洛桑扎西一道坐车去吧。"吉恩抹了抹手，说："唉，曲珍，拖累你啦。"曲珍瞥了男人一眼，说："嗯，说不准哪一天，我被你拖垮哩。"

车子要到十字街口，吉恩突然叫停车。他推开车门下去，走到电线杆下面站住，原来电线杆上面贴着一张高价收购藏羚羊皮的广告。他掏出笔在广告空白处重重写下一句话："藏羚羊是国家一级保护动物，不允许猎杀！"

这时多吉正拎着包上班去，看见吉恩在电线杆上面写字，一脸惊奇。他只是慢下步子，没有靠近，或许他感到在电线杆上面写字，是娃娃们耍的事，县委副书记这么做有些不雅，还是自己眼不见为好。我招呼他，这时吉恩也转过身来，他才走过来说："吉恩书记，明天常委集中学习，怕你今天回不来，安排在下午啦。"吉恩只是看了他一眼，意思是知道了。他向车那边走。多吉觉得吉恩不像往常，看着电线杆上的广告与吉恩写上的话，脸上的惊奇尚未消失，又增添几分疑惑。

上车以后，吉恩对我说："猎杀藏羚羊之风，都刮到天河来了。广告还是电脑打印的，张贴散发量不会少。"他要我追查是谁在收购皮子，查出来严加处理，天河不允许有藏羚羊皮交易，更不允许有猎杀藏羚羊的现象存在。

天河镇只有一家电脑打字与复印社，回来后，我就去了这家，老板说，不清楚这人的名字，也不知道他住在哪里，只知道他是洛原的，二十四五岁，经常跑青藏公路。我估计是达瓦。向吉恩汇报了这一情况，吉恩脸色都变了，说：

"又是达瓦干的，不打藏羚羊，又来收购皮子，危害更大。他败坏洛原的名誉，我这就给乡里打电话。"

他给乡里书记才卓打了电话，要他以最快的时间找到达瓦，不管以什么方式，要立即阻止他做藏羚羊皮交易，如果监管不住，拿他问责。从我未见过吉恩对下级这么以命令式的口吻说话，我琢磨着他着急发火，是要维护家乡的声誉。其实还有更重要的原因，后来我才明白。

你一定会说咋不讲吉恩去州上与利国书记见面谈了些什么，

我也很想知道呀，可是吉恩没有向我透露一个字。我是当秘书的，不能随便打听领导之间的谈话，除非领导主动向我透露上级的谈话精神。因为这次利国书记的指示，会直接左右可可西里工委在可可西里的行动，我想这没有什么可保密的，吉恩会对我说的。我见他出来时与进去时的表情没有什么两样，他朝我看时，脸上还带着微笑。上车以后，他只说了两个字"回去"，接着就缄默。我琢磨着他和利国书记的谈话不是很顺利，否则不会缄口不言。

他和利国书记的谈话成了一个谜。

直到三个月后，我们在可可西里荒原上，他喝醉了酒，才说出他和王利国谈话的情况。他说接到通知，没有发愁，因为发愁不顶用。他琢磨着，利国书记不是要他讲负面的东西，反映数万金农滥采滥挖的情况报告早已呈送州委书记，领导是要听可可西里工委进入可可西里摸索矿点的进展，尽快投入开采的规划安排。于是，他像第一次进入可可西里一样，提着的皮包里塞有各式各样的公章，去了王利国办公室。利国书记给他倒了一杯茶后，就朝他看着。他咳嗽了一声，缓和紧张气氛。他汇报了已经掌握的十几个矿点之后，便细说已成立可可西里经济资源开发总公司，其中包括第一盐业、第二盐业、卤虫、有色金属等多个子公司，并出示各个公司的公章。王利国看着这一堆公章，不知是喜还是忧，一边摇头，一边捡起一枚来瞧瞧，很快放下说："娃娃还没生哩，名字倒取了一大堆。"他的意思是"重点要把黄金抓住"。吉恩心内打了个冷战，利国书记是最务实的。他顺势说了一句，只有把金农赶出可可西里，才能有组织地合理开采，把对高原植被的破坏降到最低程度。利国书记听了，说："具体讲讲你的设想。"吉恩压根儿没有考虑这一问题，应付说："这一方案不容易做到，让我再仔细考虑一下。"利国书记说："考虑好了，随时找我。"

最后他不得不汇报金农转向猎杀藏羚羊的动向，提出保护野生动物的问题。这时王利国翻阅起文件来，吉恩也就不再往下说，最后王利国说了一句，调整过的可可西里工委的职责的文件，我已看到。

我这才明白吉恩缄默的原因，他咋能够落实"重点要把黄金抓住"的指示呢？

14

巍雪山，马兰山过去还要跑三天。

老井夜里没睡好，在后座打起呼噜。吉恩开着车，很少说话。他在家跟我讲了，要出一期对金矿点全面考察的简报。最近他看了可可西里综合科学考察队的资料，记下了几个新的金矿点，尤其是巍雪山的红金矿。后来我才知道他突然提出去巍雪山，是为了落实王利国书记的谈话精神。别看他外表冷静，其实内心纠结。

时值五月，冻土融化，高山草甸露出点点绿意。在这条车轮轧出的路上，手扶、大卡车、吉普车络绎不绝。大多是手扶，狭小的车厢里挤着七八个来淘金的沙娃。吉普车后面跟着东风大卡车，大卡车上堆满烧火煤、装着土豆白菜的蛇皮口袋和面粉袋，都是淘金的。那些只有旧吉普，或跟着的卡车上面没有堆得像小山一样的东西，很可能是来打藏羚羊的，枪支弹药藏在小车内。

对面开过来的吉普大半新，我觉得眼熟，像是冯金来的车。后面跟着东风大卡，车厢用塑料布遮住，车厢缝隙里露出来的藏羚羊皮的绒毛在风中飘动。吉恩立马停车，老井也醒了，说："对他们能咋样呢？"我说："把皮子收缴过来。"吉恩没有说话，隔了一刻，才说："先进行劝阻，不让他们以后再打。"

三人拦住吉普车。冯金来果然坐在车上，他让开车的小子与我们玩起车技，冷不防猛打方向盘，一踩油门，车子从我们左边溜了过去。后面大卡车也想跟着跑，但毕竟体大沉重，被我们截住。带车的是肖新建，我叫他下来，他坐着不动，问有啥事。老井问懂不懂礼貌，要他下来说话。可是肖新建就是不下来，吉恩让我取来链条锁，把大卡车车轮锁住，这时肖新建急了，与司机都下车来。

吉恩拿着黑白相机，走到车后，掀开车篷帘子，只见堆着的皮子上血迹淋漓。他凝视着不说话。我明白他内心在颤动。

"这是夜里打的？少说也有五十只。"吉恩像是发问，又像自语。

车上两个人抱着枪，朝吉恩看着，眼里充满疑惑。

"这么多藏羚羊，你们在哪里打的？"吉恩神态严肃。

两个抱枪的不说话。

"你们在哪里打的？"吉恩又转向带车的。

"打羊犯法么？"肖新建在车一侧站着。

老井说："你以为打藏羚羊没有问题，是么？"

肖新建说："有啥问题，还有比咱们打得多的哩。"

我说："在哪儿？"

肖新建说："在我们前面走了。"

吉恩说："叫你们大拿事的过来。"

肖新建说："有事跟我说嘛。"

吉恩说："我找大拿事的，叫冯金来过来。"

吉普车停在前面不远处，肖新建叫司机跑了过去。

吉恩打开相机，拍下车厢内血迹淋漓的藏羚羊皮和车牌照，车上两个抱枪的来不及躲闪。

一会儿，吉普开了回来，冯金来下车，肖新建赶紧迎了上去，靠近嘀咕了几句。

老井说："冯老板，你为啥要溜？"

"溜？谁溜啦？我为啥要溜？"冯金来气势汹汹，见老井与自己一样是个大高个，便把目光转向吉恩，"你们要干啥？"

吉恩朝他看着，待气氛缓和了些，问："这大车上有多少藏羚羊皮？"

冯金来说："皮子也交资源费吗？"

老井说："冯金来，有你这么说话的么？"

吉恩说："冯金来，没想到今天你成了这个样子。"

"今天的样子咋啦？"冯金来不以为然，又似在辨认这个藏族干部。

"你们为了金子，什么事都干得出来。马兰山被你炸开个大窟窿，亿万年的植被毁于一旦。工事还没拆掉，坑也没有填上，又把枪口对准藏羚羊。藏羚羊可是世界上的珍稀动物，是国家一级保护动物，不能随意猎杀。"

冯金来不说话。

"你听清楚，不允许你们任意猎杀藏羚羊。"吉恩态度严肃。

"你咋老盯住我？"冯金来有逆反心理。

"谁都一样，都不准在可可西里猎杀藏羚羊。"

"藏羚羊是你们县的么？谁让你们来管野生动物的？"冯金来脸上带着笑。

这让吉恩无话可说，眼睛仍盯着冯金来。可可西里工委确实没有监管猎杀者的职权，不能对他们采取强制手段。

老井说："冯金来，你别以为我们不能没收你们偷猎的皮子。"

冯金来说："打羊的多哩，为什么偏偏抓住我们？"

老井说："'冤家路窄'，老天爷不让你在无人区乱来。"

冯金来眼睛瞪了瞪，没说话。

肖新建要我开锁，我不理睬，他又对吉恩说。吉恩让我把卡车上的皮子记下来，并要他们签字。他对冯金来说："你不想抵赖，就签字。"

"谁抵赖？"冯金来拿起笔就签。

吉恩又说："以后再见到你们打藏羚羊，皮子全部没收，说到做到。另外，赶紧把被你们铐在土堡里的两个人放了，否则你要坐牢的。"

冯金来说："他两个是逃犯嘛，因为赌博输钱偷着把厂里机器卖了，公安上追查，两人就逃了出来。甘一平有前科，坐过牢。"

吉恩说："你们也不应该留着逃犯。"

"那是我们自己的事，不用你们管。"冯金来头也不回，钻进车内。

有个老实巴交的汉子，脸盘子跟冯金来一样，他就是冯金来的堂哥，站在小车旁边朝我们看。冯金来急着叫他，他才上车。

我看着，耷拉着脑袋取回链条锁。车子停在一边，我被两支烟枪包围着。吉恩一个劲地抽烟，不说话。我发现吉恩眼睑罩上一道灰暗，这段日子他不顺畅，全憋在心内，一圈圈烟雾，仿佛裹挟着郁闷从心内蹿出来。

沉默了一会儿，老井找话说："藏羚羊皮咋这么走俏，总不会比貂皮更值钱啵。"

吉恩说："哎，这你就不知道了，藏羚羊皮的价值不是貂皮能比的。西方人称啥的……嗯叫'沙图什'披肩，就是藏羚羊绒织成的。藏羚羊绒被称为'羊绒之王'，它比等重量的黄金还要贵，所以称它为'软黄金'。一条沙图什披肩，不足一百克重，攥紧可以从戒指中穿过，因而又称'戒指披肩'。三只羚羊皮的绒才够织一条披肩，每条价格高达一千八百多美元。"

"'软黄金'……吹吧。"老井感到玄乎。

"哎，老井，这不是我说的。"吉恩顶真起来，"我也是从报刊资料上看到的，你不信，下次可以带给你看。"

老井说："信信信，你继续讲。"

"老师快讲，我也想听。"我知道，吉恩平时喜欢看这方面的书刊，同时，他从可可西里考察队的专家那里也获得不少信息。

吉恩说："那些资料，我还没顾得细看。沙图什披肩极受西方上流社会有钱的小姐、太太们的喜欢和追捧，拥有一条披肩，也成了她们身份和财富的象征。据说当年拿破仑还专门为情妇定制过一条哩。"

我说："这些有钱人不知道这种披肩是偷猎藏羚羊皮做成的么？"

老井说："西方阔小姐、阔太太只图享受，炫耀自己，谁还顾这些？"

吉恩只是说："这些盗猎的人不过拿了个零头。"

我说："中国人把自己土地上的珍稀动物打死，扒皮取绒，廉价送给外国人享受，真悲哀。"

老井叹息说："这不是我们所能左右得了的。"

我问："要不要把你讲的写成报告，送上去？"

"嗯，考虑一下，写成简报还是报告？"吉恩把烟头扔向车外，"走，去卓乃湖看看。"

15

车快要拐弯去卓乃湖，远远看见有一群藏羚羊，听到车子声，惊恐地停住。这十几只母藏羚羊，都腆着大肚皮，要过道去湖边产崽。卓乃湖属于半咸水湖，又有宽阔的湖湾与大片滩涂，每年五六月开始草木肥盛，有成千上万只藏羚羊迁徙到这里产崽。这些年这条淘金路上笼罩着对藏羚羊随意猎杀的恐怖，来产崽的母藏羚羊减少了。

吉恩刹住车，心里犹豫，要不要阻挡这群藏羚羊过道。因为卓乃湖不再是藏羚羊产崽的安全之地。这群藏羚羊张望了一会儿，见我们的车子停住不动，或许已嗅到猎杀的气息，它们向回走了。

一阵风吹来，从车窗外飘进来一股难闻的臭味，显然是羚羊肉腐烂的味道，荒原上，风把腐肉的臭味飘散几十里远。吉恩脸色变了，车子开得很慢，一会儿，突然听到乌鸦凄清的叫声。空气里弥漫的腐肉味越来越重，令人恶心。路边出现藏羚羊的残骸和骨头，零零散散的，肉被秃鹫和狼吃了，剩下没有被吃的肉也腐烂了，腐烂了的肉，狼也不会再吃，它们会去寻找新鲜的肉食。我想请求吉恩把车窗留下透气的一道缝隙关上，但见他心情沉重，不说话，我也不便言语。

车子向前滑行了一两百米，见到有烧烤藏羚羊肉的支架和焦木。吉恩拉开车窗。

前面就是卓乃湖，猎杀现场就在湖边滩涂。太阳西沉，美丽的卓乃湖一片血色，大群秃鹰在低空盘旋。

"我们来迟了。"吉恩声音很低，他的心像被石头压着。

我们下车，只见被扒皮的藏羚羊鲜血淋漓，尸横遍野。这些尸体大都是产崽的母藏羚羊，至少一胎一崽，也有两崽的。生下来的小崽躺在血泊之中，没出世的活活窒死在母亲的肚子里。有的被扒去皮的羊妈妈的腹部还在蠕动，那是小崽，很快也会窒息而死。有些小崽双眼还未睁开，嗷嗷待哺，紧紧叼着死去的母亲血肉模糊的乳头，奄奄一息，小嘴巴和鼻子上沾满血迹。也有小崽孤零零地倒在一边，大概是找不到羊妈妈的乳头，它刚来到这个世界就可怜地闭上了眼睛。跑遍河滩，我发现有一只还活着，便抱了起来，小心翼翼地掩在怀里。死去的幼崽肌体透明，血与冰溶的雾气凝在一起，形成一团团诡异的气息，经久不散。这莫非是幼小生命的魂灵？

吉恩两手颤抖地抚摸一只死去的幼崽，眼眶里有了泪水，我第一次看见他流泪。

这血迹斑斑的残杀场景，一片一片地分布在周围湖滩上。我从一本有关藏羚羊的书上看到，藏羚羊不但有灵性，还有群体精神，它们在迁徙途中出现伤者时，大队伍就会慢下来，防止伤者被猛兽吃掉。羚羊群体中出现伤者，特别是羊妈妈伤亡，谁也不愿独自逃生，宁愿同归于尽。我给吉恩讲过，他感慨地说，动物也有人性，人也有兽性。昨天夜晚猎杀的场面仿佛在我眼前晃荡着：天真无辜的藏羚羊聚集到盗猎车的灯光下，盗猎分子开枪射击，其他藏羚羊在惊骇之中不肯逃脱，它们不愿离开伤亡的同伴，却不知道下一颗子弹将打着自己；或许还相信人类不会再开枪。然而，盗猎分子残忍的子弹却一颗也不留情，藏羚羊却前仆后继地冲上来，宁愿与伤亡的同伴死在一起。这足以令人类汗颜，我不由抬头看吉恩，这时谁也不说话。

吉恩面对遍野尸体跪下。他内心一定会产生一种负罪感，因为这是在他的眼皮子底下发生的不幸。他默默地哀悼，默默为众多纯真无辜的生命的再生而祈祷。我也含着泪，抱住小崽，跟随吉恩一道祈祷。老井也是一脸悲哀，随我们一道跪着。

大群秃鹰仍在低空盘旋，却没有一只降落下来。

我说："你们看秃鹰都不忍下来吞食。"

老井说："这些人真够狠的。"

吉恩说："这些盗猎分子屠杀了这么多生命，可能还不知道自己残忍。"

我说："昨晚冯金来也在这猎杀现场。"

老井说："放走他，便宜了这小子。"

吉恩不再吭声。

回到车上，我拿出奶盒，给幼崽喂奶。只见幼崽小嘴开始嚅动，发出咩咩的稚嫩叫声，老井说喂它一次不解决问题，我说带回去抚养。吉恩默认。他抽了几口烟，沉下脸说：

"老井，洛桑扎西，把营业执照收起来，我们不挣这个钱了。"

老井和我没有说话，只是疑虑地看他。因为我们掂量到吉恩这句话的分量，这意味着改变了可可西里工委的初衷，背离了州委县委的意图。其实吉恩一直在做"保护"方面的工作，也一直处于工作的矛盾压力之中，今天卓乃湖遭猎杀遍野都是藏羚羊尸体的悲惨场景，迫使他在开采与保护二者之间做出了抉择，真正担负起保护可可西里的责任。

吉恩朝我们两个看着，期盼中带有点儿恳求，我从未见过他这种眼神。我们明白，他的抉择不能打报告成为可可西里工委的宗旨，只是在我们三人之中达成默契。

"嗯。"我和老井的声音很细。

吉恩没再说啥，只是一个劲地抽烟，一口口烟吐出内心的焦虑和压力。老井抽起烟来，八字眉像鸟的翅膀耷拉着，我猜他八成不想待在可可西里工委，但向吉恩又开不了口。吉恩扔掉烟蒂说："这些盗猎分子在高额利益驱动下，不会罢手。我们要赶紧回去把这里的猎杀情况向省处汇报，争取省处领导的重视和支持。"

我听了眼前一亮，只要得到省处重视支持，成立森林公安，就治得了这些盗猎分子。

"恐怕省处也不会亮绿灯。"老井有点消沉。

吉恩沉默了片刻，说："我们尽到责任。"

车子往回开时，吉恩张望着寻找刚才遇到的一群母藏羚羊。我说：

"这群藏羚羊嗅到血腥气息，不会向前跑了，可能向北去了太阳湖。"

吉恩不满地瞟了我一眼，说："谁说不会向前跑了？藏羚羊不知道危险，也不会因为危险而停止前进。"

我没理会他说话的意思，杠着说："要不，去卓乃湖看看。"

老井从背后捅了我一下，说："吉恩说得对，藏羚羊不知道危险……"

吉恩继续说："人啊，有时还是傻一点好。我一看到藏羚羊纯真的黑眼睛，就感到童年的美好，可是谁又能回到童年呢？"

这时，我才意会到吉恩做出保护可可西里的决断后不平静的内心。他在考虑成立可可西里森林公安派出所的事。我改口顺着他的意图，说：

"我们有了森林警察身份，就能名正言顺地打击猎杀团伙。"

吉恩却又说："成立森林公安，可能吗？"

我也受老井影响，明白可能性很小，都没说话。

"好吧。看来这辈子我专干把不可能变为可能的事。"他笑得勉强，眉头却舒展开了。

吉恩不再去巍雪山勘查金矿，而是在路边扎营，一边观察长途迁徙来的藏羚羊群，引导它们改道，一边写报告。吉恩和我一道坐着，他一个下午抽了一包烟，可能这份报告早就酝酿于心，他说我写，熟门熟路，一气呵成。主要时间花在宣传提纲上，吉恩要把这份关于藏羚羊是国家一级保护动物的宣传提纲，写成挑战旧的习惯势力、尊重生命和保卫可可西里的宣言，准备铅印后大量散发。他说，藏羚羊是全世界保护和禁止贸易的物种，被列入国际贸易公约的附录。他记不清公约的全名，需要回去核查，要保证宣传提纲的倡导和观点，确有出处。我记下他的观点，写了宣传提纲的初稿。

老井坐在外面观察，其实等于发呆，吉恩怕他感到无聊坐不住，给了他一包烟。

一天下来，没有见到一只藏羚羊，老井有点坐不住。藏羚羊死尸的气味随风能飘百里，它们不会再朝这个方向跑。吉恩决定回去一趟，带足吃的再赶回来。

老井不说话。刚才我小便时，见他捧着皮夹看老婆的照片。吉恩问我老井在干啥，我说："看皮夹呢。"他说："皮夹有啥看的？"

我说："皮夹里除了钱，就是女人照片。"他没有像以往说

"老井这个情种"，反而眉头皱了一下。

次日一早开车回去，准备在西宁停留，向省处汇报，把文件递上去。一路上，老井说话不多。吉恩和他开玩笑说："老井，想老婆了？"

老井说："想有啥用，我不像你们，回到天河就能见到老婆孩子。"老井来天河工作，夫妻一直分居，想辞职回妻子所在城市，重找事做。

吉恩说："别不高兴，这次给你两天假回家待着。"

老井又不说话。

吉恩说："老井，抽烟呀。"

老井取出两支烟点着，递给吉恩一支。

吉恩吸了一口说："老井，这次回家得要和夫人谈妥。"

老井说："老婆不听我的。"

吉恩说："在这个问题上，你可要采取点大男子主义哟。"

老井说："我有什么理由搞大男子主义？是有钱还是升官？"

"你咋这样想呢？"吉恩转头瞪了老井一眼，但很快摇手，抚摸一下脑袋，"对不起老井，我是着急，也怪我没有与你好好沟通。"

"嗨，我只是玩笑话，你别当真。"老井说。

"你说的是实际问题，不用掩饰，我们三人之间不搞虚伪，都要说真话。"吉恩平静了下来。

"好呀，我一直想问，你这么做有没有考虑自己的前途？"

"咋不考虑，我与你一样，只是眼光可能比你放长一点。"

老井说："不一样，你是县委副书记。我建议你从机关里挑一个，免得别人说闲话，可可西里工委全是老吉的亲信。"

吉恩大笑："哈哈，公开招募只招了洛桑扎西这个学生，我只有拉老同学，拉别人拉不动呀。"

老井说："到可可西里吃苦担风险不说，这下提拔也成了问题，谁愿意跟你干呢？"

吉恩说："谁说提拔成问题，等建立可可西里自然保护区，我提拔你为副局，把你夫人一道调过来。"

老井说："等你那自然保护区建立，还不知到猴年马月。"

"'风物长宜放眼量'嘛。"吉恩没让老井接话，"嗨，老井，到西海我买单，与你拼酒，你输了，就和我一道干。"

拼酒，是康巴汉子说的话，我从未听他说过这种话。

老井只是苦笑，他无法拒绝吉恩挽留他的一片诚意。

我第一次听到吉恩说建立可可西里自然保护区，觉得很新鲜，而在潜意识里也觉得这是不可企及的事。

16

到了西宁，吉恩先去商场拿出几百块钱买了一套西装穿上身，满脸胡子也刮了，只留了他喜欢的一圈圆胡须。平时他舍不得花钱。我好奇地朝他看。他说："第一次见上级领导要庄重些。"西装与他脸上的圆胡须很搭，只是去可可西里以后，脸比以前瘦了，也黑了，不再像以前那么帅气。老井开玩笑说："打扮成帅哥，相亲哪？"

他说："别说，我心情真像相亲一样激动，抱着美好希望见省处领导，咱们是找知音来的。"

"就怕没人领你的情。"老井见快到省处门口，不宜泼冷水，改口说，"哪有穿西装的县委副书记开车的，赶紧配个司机吧。"

我也附和着："你开车，那些偷猎的不会以为你是县里领导，都不买你账。"

吉恩说："嗯，增加编制不太可能，司机在编制之内，我会据理力争。"

这辆带有荒原土迹盐渍的吉普车，在市区转来转去，找到省处已近中午。三人在小饭馆里慢慢吃着饭，打发时间。我为幼崽买了几盒奶带着。吉恩说，这幼崽交给谁喂养呢？老井和我说不出合适人选，但也知道曲珍不会接手，两个孩子已够她忙的。吉恩抽了一口烟，说，先顾下午的大事。他摊开双臂，西装纽扣绷紧，衣袖上还沾有烟灰，我提醒他，他说："穿洋装，挺别扭。"

老井又说："你对不认识的领导这么正规尊重，不知能否如愿，不要剃头挑子一头热。"

吉恩说："真像你说的'剃头挑子一头热'，就当我是奔着'森林公安'这一名号去的。"

两点钟，总算顺利见到了省处处长和吴政委。听说可可西里工委书记来访，两人一道出来接见。吉恩早有准备，西装扣上两个纽子，头发也抹顺溜，恭敬地与领导握手。两位领导都穿着休闲服，对吉恩穿着西装，只是瞟了一眼，其实省三级局与县是同一级别。吉恩不是不清楚，只是保护藏羚羊、保护可可西里迫在眉睫，他们是上级，掌握着对可可西里森林公安派出所的审批权。

吉恩汇报不再像在州委书记王利国那里，犹抱琵琶半遮面似的，而是理直气壮地说，1979 年藏羚羊就被列为世界濒危物种，禁止猎杀和贸易，我们在这方面思想比较滞后。他详细讲述了卓乃湖产崽母藏羚羊群遭到残杀的场景，尽管控制住自己，可眼眶还是红了。我坐在他身边，悄悄给他递手纸，他没有取，只是清了清嗓子，把欲渗出的一滴泪强忍了回去，因为他懂得领导不相信眼泪。接着，他说拦截住一批参与卓乃湖猎杀的车辆，并把有冯金来签字的赃物条子出示给两位领导看，请示对偷猎分子与猎杀的藏羚羊皮如何处理。他停顿了一下，又说大批沙娃转向"淘软黄金"，保护可可西里藏羚羊的形势十分严峻，亟待建立一支阻止和打击盗猎团伙的执法队伍。他亲自把申请成立可可西里森林公安派出所的报告递了上去。

处长站了起来，称三点有个会，打了个招呼走了。吴政委仍耐心地坐着，说："接着谈，可简要些。"

吉恩怕吴政委再有事，简要汇报之后，就要求领导重视可可西里的环境保护，批准成立可可西里森林公安派出所。

吴政委一副温和大度的老干部模样，他对吉恩爱护藏羚羊之心表示理解，而对提出的要求，不点头也不摇头。

老井有些坐不住，说："既然领导理解对藏羚羊的保护，就应该支持我们的反盗猎行动。"

吉恩对老井说："别急，听吴政委讲。"吴政委微笑着说："省委、省政府做好各项工作的指导思想是发展经济，林业公安部门同样要围绕发展经济这一中心开展工作。"接着，他举了一个例子：

某县招来外商在林区投资建造了一个国际猎场，是政府开发资源、发展经济的重要项目之一，报告打上来，不得不批。后来，有人民来信反映，国际猎场为了赚外汇，成了洋奴，专让外国人打野生动物。

吴政委说："省政府办公厅转来人民来信，要求认真查处。我们派人去了解，情况属实，森林公安处便把省办公厅的批示转发下去，要求国际猎场停止对野生动物的猎杀。这个州的森林公安科，也把文件转发给了县里。最近听说国际猎场依然如故。"

吉恩听了，热切的心如被泼了一桶冷水。

"打猎虽然不算什么大问题，但也不能为了创外汇，就让老外在中国的林区随意猎杀……当然，我们仍会向省政府反映。"吴政委对国际猎场创外汇颇为不满。

老井不客气地说："请看看我们的报告，猎杀之风蔓延到了可可西里，要不要阻止？"

吴政委拍了一下额头，感到话说多了，立即打住。他捧起报告看了看，然后温和地看着我们，说："'森林公安'，顾名思义，主要是护林的，是护林员。可可西里只是一片荒原，没有林区嘛。"

吉恩很快说："吴政委，可可西里的地理位置特殊，是长江黄河的源区，保护尤为重要。可可西里海拔高，气候寒冷，湿度小，高寒草原与植被特别容易受到破坏。"他翻开笔记本，"马兰山生长有珍稀植物高原芥、小垂头菊、团花绢毛菊、昆仑雪兔子、黑毛雪兔子，还有叫啥毛萼单花荠、多刺绿绒蒿零星株丛等二十多种稀有植物。且不说这对植物学的研究多有价值，单说马兰山冰川资源，一旦受到破坏，直接影响长江源头。七年多来，马兰山周围谷地被漫山遍野的淘金大军挖掘，不仅高山冰缘植被被破坏殆尽，而且几十米深的冻土也被翻了个底朝天……"

我感到十分惊奇，吉恩掌握有关马兰山这么具体的资料。他从可可西里的重要地理位置看问题，可能受到科考队那位专家的启发。吴政委也认真听着，记着，他建议把这些情况一层一级地向上汇报。而吉恩仍抓住要求解决的问题，又说：

"可可西里是藏羚羊的集聚地，在这里阻止和打击猎杀活动，比其他任何地方都重要。因为青藏高原是世界屋脊，全世界的人都注视着这里，藏羚羊能否在它们的故乡自由自在地生存，标志着可可西里的自然生态是否完好。"

我真没想到吉恩在这种场合讲话如此出彩，当然这也由于吴政委的耐心和宽容，但要他表态的时候，却一字千金。他看看时间，微笑着避开我们的要求，讲了几句结束语。

吉恩又提出报告的事，吴政委说："不是每个县都要成立森林公安，如果有必要，要一层一级地打报告上来。"

他这么一说，我们心内都凉了。

吴政委紧接着又说："对那些偷猎打藏羚羊的，还是以宣传与劝阻为主。"

吉恩说："我们是这么做的……"

老井忍不住说："吉恩书记，你求菩萨，喊干喉咙也没用。

建议领导去可可西里看看。"

吴政委脸上的微笑消失了。

我说:"那些偷猎的在高额利润驱动下,谁挡道,就用枪对付谁。我们没有枪没有森林公安的身份,他们是不会听的。"

吴政委认真听我说,摆出严肃的姿态,说:"哪能这样,对于情节严重,劝阻不听的,就把他们带上来。"

吉恩随即把吴政委这句话记下来,说:"就按吴政委指示办,我们会尽最大努力做劝阻工作。"

我觉得跑省处没有收获,吴政委这句话是被迫说出来的。吉恩虽然有些失望,却说:"有了吴政委这句话就好办了。"

他没有泄气,决定连夜赶路。平时总要在西宁住一晚,第二天回程,因为从西宁到天河,开车需要七八个小时。吉恩对认准了的事,义无反顾,他身上有一股常人少有的韧劲。我劝不住他,老井回了家,我在车上不敢打瞌睡,陪着他,给他点烟。

回到天河已快天亮。吉恩先把车开到央拉家,丢下幼崽,央拉听阿哥说幼崽是从被猎杀的母藏羚羊尸首堆里捡回来的,她抱住说会好好喂养。她又说,你们起得好早,早饭吃了?吉恩点了点头,开车跑了。

我一觉醒来,已是下午两点,简单吃点东西,赶了过来。

吉恩一人在家,曲珍还没下班。我跨进门叫了他一声,他只是应着,没有抬头,专注地看一本杂志。我看见宣传提纲已经改好摊在办公桌上,旁边摞着改稿参考用的《濒危物种名录》和《濒危动植物种国际贸易公约》等资料。我目光落在他手里捧着的杂志上,只见文章标题是《美国著名野生动物研究专家、

"藏羚羊之父"夏勒博士在藏北调研成果》。

"夏勒博士的调研成果,让人惊心动魄。"吉恩放下杂志。

"咋惊心动魄?"我很想知道。

他只顾说还有两篇有关夏勒博士考察研究藏羚羊的文章,今天要好好看一看,要把有说服力的实证材料添进宣传提纲。他让我把这份宣传提纲先打印二百份带上。

我随吉恩先去县委机关。我又问起夏勒博士的调研成果,他说明天等老井上车一道讲。我发现吉恩变得深沉和焦虑,走路都在沉思,不与我搭腔。他把申请报告与情况简报交给多吉,说,最近是藏羚羊产崽时期,卓乃湖等产地遭受猎杀严重,明天要赶回可可西里,不能与罗追书记见面了。他嘱咐多吉送给罗追书记报告时,一并转达他的话。多吉一脸蒙,问:"州上王书记有啥指示精神?"吉恩没有回答,继续说:"罗追书记对报告有了批示,请立即向州上和省上呈报。"他说完就离开了。

17

上路以后,我急于知道夏勒博士的调研成果,吉恩让我自己看。我打开他的旧皮包,包里装着《濒危物种名录》和刊有夏勒博士在藏北调查研究成果的杂志,以往一直带着的《工业矿产开发》不见了。我说:"老师的工具书更新啦?"吉恩说:"再不更新,就会成为历史罪人。"我觉得他言重了,也可能自己认识未跟上。

我拿出杂志看了，确感震惊。夏勒博士为了解开可可西里和羌塘草原的藏羚羊急剧减少之谜，这几年在藏北进行跟踪调查，发现其根源是沙图什即藏羚羊绒贸易。不法商人从盗猎团伙手里收取藏羚羊皮，转手卖给秘密交易点的取绒老板，藏羚羊绒被走私分子藏夹在棉被、羽绒服里或藏匿在汽油桶中运往西藏的樟木、普兰等口岸蒙混出境。克什米尔、印度、尼泊尔等地有加工沙图什披肩的传统工艺和专业工厂。克什米尔、印度、尼泊尔等地藏羚羊虽然已近绝迹，但沙图什加工与黑市交易有增无减。不法商人将手伸入中国青藏高原，可可西里是世界上藏羚羊最大集聚地。按照印度加工藏羚羊绒的数量测算，每年至少有两万只藏羚羊被猎杀取绒。而不法商人对欧洲消费市场一直声称，生产沙图什披肩的原料，出自北山羊、野山羊乃至西伯利亚鹅的羽绒，以掩盖对藏羚羊的屠杀。

我说："夏勒博士揭开了可可西里和羌塘草原的藏羚羊被疯狂猎杀的真相。"

吉恩说："嗯，夏勒博士促进了对藏羚羊的保护。夏勒博士是值得尊敬的人。"

"如果有机会见到这个'藏羚羊之父'就好啦。"

"听说去年他来可可西里时，在拉琼家停留过。"

"上次在拉琼家咋没听说，我们去看看？"

"嗯，顺路去问问拉琼。"

我以为吉恩随口答应，没想到真就去了拉琼家。也因为没有在西海停留歇宿，车子到了70道班，天黑了下来，便没有下道，去拉琼家门口扎营。

拉琼听到动静就跑出屋来，我开口便问，夏勒博士来过你家吗？拉琼说，你是说那个大胡子老外？来过呀，来过。我说，你真幸运。让她讲讲夏勒博士来她家的情况。拉琼两眼忽闪着，当知道我们尊敬夏勒博士时，才说，好嘛。吉恩从包里翻出一沓照片，拉琼两眼盯着，高兴地接过照片，不知说啥。我还想问后来冯金来有没有找过她，却插不上话，吉恩让她领着，进屋去拜访爷爷。

"波拉，你的看法是对的，可可西里的矿产资源不能动。"吉恩说。

"这么说，不让淘金的再进来了？"老人两眼发光，说话顺畅。

"嗯，我们可可西里工委已经明确了目标，保护三江源，保护可可西里的自然生态。"

爷爷有些听不懂，但知道不让淘金打藏羚羊了，古板的脸上绽出笑纹，接过吉恩的烟抽了起来，并让拉琼叫阿妈炖锅羊肉，说晚上要与我们喝几杯。

老井和我一道搭好帐篷，又汲水做饭。拉琼随吉恩出来，说，阿妈已代你们把饭煮了。吉恩说，今晚搭伙。他拉老井一道听拉琼讲夏勒博士。拉琼不习惯称夏勒博士，仍然称大胡子老外，说他是从里面上来，带着两只受伤的藏羚羊小崽来她家，请求她喂养。

"请求你？"我以为拉琼有意抬高自己。

拉琼跑进屋内，拿出一沓她与小崽的合照，有抱住的，有喂奶的，称是大胡子老外给她拍的。照片十分清晰。

吉恩问："这两只小崽喂养顺利吧？"

拉琼点头，没有吱声，她那活泼明亮的眼睛，仿佛蒙上一层雾。隔了一刻，她还是讲了，且没有遗漏一个细节。

晌午，拉琼在河滩放羊，看见一辆高级越野车停在她家门口。爷爷在家，她感到新奇，也跑了回来。

从车内走下两个人，一个是戴着爵士帽的大胡子、白头发的外国人，手里还捧着两只受伤的藏羚羊小崽。拉琼没有见过外国人，从画报上看到外国少年也有头发白的，因而不能确认他是个老头。她看着大胡子老外手里捧着的两只受伤的藏羚羊小崽。老外用中文对她说，您好。站在老外身旁的是吴翻译，他对拉琼说，有事要请你家帮忙。拉琼疑惑，老外来她家有啥事？她把客人带进院子，坐下。爷爷正坐在墙根抽烟，见走进院子里的是白皮肤、蓝眼睛的外国人，惊讶地觑起眼看，最后目光也落在藏羚羊崽子身上。

老外仍用中文对爷爷说，您好。吴翻译介绍他是美国著名的动物研究专家、自然生态环境保护者夏勒博士，来可可西里考察。他在卓乃湖附近捡到两只被打伤的藏羚羊崽子，想请你家喂养，把伤养好后，再放归自然，不知道你们愿意不愿意？这算啥事？拉琼听吴翻译这么一说，立马走上去从夏勒博士手里接过两只小崽，抱到爷爷身边暖和的太阳光下放下。她去屋里端来一碗奶，用勺子喂两只小崽。爷爷不懂啥叫专家、博士，是救治藏羚羊崽子的行为，拉近了这个美国人与他的距离。

夏勒博士感到惊奇：两只藏羚羊小崽到了藏族姑娘手里变得

活跃起来。他也曾给小崽喂奶，小崽蔫着头不张嘴，小崽在她手里却滋溜滋溜吸个不停。他一脸高兴，急忙去车上拿来相机，咔嚓咔嚓抢了几个镜头。等拉琼喂完，又让她抱住两只小崽照了两张。

拉琼看着老外的高级照相机，不好意思要照片。夏勒博士却说 OK，随即从相机里拿出照片来给她。拉琼没想到这相机当即就能出照片，而且是 5 寸彩照，尽管她在老外面前有些拘谨，两眼还是流露出惊喜。她捧住看，夏勒博士向她跷起大拇指。她听不懂英语，吴翻译说，夏勒博士问你的名字，他夸奖你很棒，有一颗爱护野生动物的心，他说把两只受伤的小崽交给你，放心了。拉琼告诉他名字，并说扎西德勒，紧接着又改口说谢谢。夏勒博士却说，扎西德勒。拉琼看着他笑了，脸上有点羞红。

爷爷在石块上磕了磕烟袋锅，又从袋里捏一撮烟丝塞进去。夏勒博士有趣地看着这支长杆铜烟袋，拉琼提出铜壶倒奶茶，他目光又转向黄铜壶。拉琼斟满三瓷碗奶茶，让爷爷坐过来陪客人。爷爷不吭声，仍坐在墙根下吧嗒吧嗒地抽烟。夏勒博士捂住鼻子，害怕爷爷握着烟枪坐过来。拉琼第一次碰见研究野生动物的专家，怀有好奇心站着。

"你们为啥要救藏羚羊崽子？"爷爷努力把汉语说清楚。

夏勒博士喝奶茶，听了翻译回答说：

"我特别关注藏羚羊，也是最早研究藏羚羊的专家，被称为'藏羚羊之父'。"

拉琼听到他是"藏羚羊之父"，两行睫毛耸起，对眼前这位大神有些敬畏。爷爷还是听不懂，把目光转向她，她凑近爷爷说他是"藏羚羊之父"，爷爷仍疑惑不解，接着问：

"你多大年纪？"

吴翻译愣住，夏勒博士听了却风趣地说：

"不大，今年七十二岁。"

吴翻译补充说："夏勒博士身体很好，每次穿越可可西里，都深入险要的核心区域。"

爷爷以为从外国来青藏高原的不会是老人，没想到比自己还长两岁。爷爷磕掉烟袋锅里的烟灰，像孩子似的看着这个外国老哥。拉琼蹲在爷爷身边，看到两只小崽已合上眼睛休息。她想，藏羚羊之父与藏羚羊之间一定会有感应，因为两只小崽得到他的关爱，才会这么乖这么安详。她见爷爷呆看着不说话，伸手拽了拽他的衣角。夏勒博士打量着这座土屋，问拉琼，你爷爷在这里住了多久？拉琼说爷爷十六岁那年就来到可可西里，今年七十岁。爷爷知道自己老相，脸上还露出点儿羞涩。他对老外说了经常挂在嘴边的话：

"我年轻时看到，在六七月份，藏羚羊像潮水般源源不断地缓缓涌过来，少说也有一两万只。我说给现在的人听，没人相信，如果不是亲眼所见，我自己也不会相信。"

夏勒博士打开笔记本记着，他很想听爷爷具体讲讲，爷爷见大胡子老外记他的话，嘴唇嚅动一下，便打住。他称自己嘴会跑火车，不与外国人说话。夏勒博士笑了笑，收起笔记本。

"那么多藏羚羊哪儿去了？"拉琼嘀咕着。

夏勒博士见她眼里满是疑虑，简要回答："不法商人取绒加工成围巾，高价出售。"

拉琼惊悚。两只小崽睁开眼睛，她随手抱住。等内心平静下来，她抬头看了看大胡子老外。夏勒博士注意到她的表情，知道她喜爱藏羚羊，让她谈谈对藏羚羊的印象。拉琼有些紧张，一时不知从何说起。她熟悉荒原上的野生动物，且与它们有心灵感应。一天夜晚她的心突然颤抖了一下，第二天跟爷爷出去放牧，就看见湖边有两只被狼咬死的藏羚羊……拉琼躁动不安，急着拽爷爷衣角。爷爷了解拉琼对藏羚羊有特殊感情，谈论猎杀谈论皮子和围巾的事，一定让她很难受。于是，他赶紧摇手又摆手，摆手的意思是让客人离去。

吴翻译明白爷爷的意思，小声用英语与夏勒博士说了两句，夏勒博士站起身，准备赶路。拉琼却呆呆地看着这位"藏羚羊之父"，眼睛里流露出恐惧和祈求。夏勒博士知道拉琼悲怜遭受猎杀的藏羚羊。两人有一段心灵对话：

　　拉琼［心灵颤抖地］：我怕……

　　夏勒博士：你怕什么？为什么怕？

　　拉琼：我满眼都是血迹，血迹飘红天空，我也被绑架着……

　　夏勒博士：你把自己想象成拥有披肩的女人，是吗？

　　拉琼：我只是荒原上的一个牧羊女，咋会成为有钱人？

　　夏勒博士：那你为什么有这种感觉？

拉琼：因为你一说围巾，就牵动我，看到围巾上尽
是被打死扒皮的藏羚羊的鲜血，我感到疼痛和害怕。

夏勒博士：你与藏羚羊相处像与人类相处一样有了
感情。人类与自然和野生动物之间的关系，应该建立
和达成和谐共处的生存整体。拉琼，你是好样的。

拉琼：我不是可怜藏羚羊的疼痛，而是自身肉体疼
痛，围巾上仿佛也有我的血。

夏勒博士：这是一种幻觉，因为藏羚羊有了生命危
险，你感到不安，发生了幻觉。

拉琼：我确实感到肉体疼痛，你是"藏羚羊之父"，
感到肉体疼痛吗？还是心疼？

夏勒博士：你是感性的，我是理性的，研究是对某
一物种整体的把握，靠实证、数据、逻辑，概括出抽
象的理论，因而它是理性的。我更关注藏羚羊种群。

拉琼［听不懂，迷惘，默默祈祷］……

这时，夏勒博士问起附近有没有金矿。爷爷像孩子似的瞪
大眼睛，"有"字到了嘴边又噎住。

"咋不说了？"夏勒博士看着爷爷。

"咳，你发现了啥？"

"西北方向二十多公里的地方有金矿，机械化采金正在进行
之中。"

"你咋知道？"

"通过 GPS 测定。"夏勒博士站了起来，"资源开发对可可西

里自然生态会带来负面影响。"

爷爷不明白 GPS 为何物，只感到是神器，又不愿意将神附体于老外。

夏勒博士放下两百元，向爷爷躬身告辞。

"这钱算啥？"拉琼拿着钱追上来。

吴翻译拦住她说："给小费是美国人的习惯，你就用它买奶给小崽喝吧。"

拉琼不很明白夏勒博士临走前说的一句话，只预感到有一种危险的征兆。可可西里荒原是她生长的故土，她和爷爷一样依赖着这片荒原。

吉恩听得入神，沉默不语。我问两只藏羚羊小崽怎么样了，拉琼说，两只小崽喂养了一个月，就噔噔噔跑得挺快。一天看见有一群藏羚羊经过，爷爷让两只小崽跟它们一道走了，两只小崽还恋着我不愿走哩。吉恩竖起大拇指称赞拉琼，夸她与"藏羚羊之父"交谈得很好，也很难得。他还提起一个月前，我们从卓乃湖母藏羚羊的死尸堆里捡回一只嗷嗷待哺的小崽，拉琼顿时又改变脸色，吉恩立马打住。其实拉琼神志清楚，她要求带来给她喂养。吉恩只是说，好啊，到时带过来放生，就交给你。我感到拉琼行为偏颇，不同于常人。我顺嘴说了冯金来是淘金盗猎团伙头子，她惊悚不快，说后来没有再见到他。吉恩为我打圆场，称赞拉琼是可可西里的姑娘，她能使夏勒博士高兴地看到，在青藏高原有像拉琼这样与野生动物友好相处的人。

18

卓乃湖一片凄清，只见几只秃鹰，再没有藏羚羊过来。吉恩立即掉转车头，向北直奔太阳湖。

记得抵达太阳湖时，太阳还没有落山，只见蓝湛湛的湖面微微荡起涟漪，远处湖边有一群藏羚羊，嚯，其中有不少小崽，有的在羊妈妈面前撒着欢。吉恩带有几分惊喜，说："太阳湖没有受到破坏，没有受到破坏的地方，就是大不一样！"他只顾站着观看，老井提醒车子没有熄火，他才收回目光。这里是通往西北边巍雪山的路口，有一片开阔地，两侧几百米的湖边都没有野生动物，吉恩准备就在这里停车扎营。

搭好帐篷之后，吉恩点起一支烟，坐到湖边观看，我和老井也走了过去。

太阳湖北侧是延绵不断的昆仑山，东北侧那座高峰就是海拔六千八百六十米的布喀达坂峰，是昆仑山脉的最高峰。太阳湖向着布喀达坂峰斜躺着，一眼望去，接连不断的河谷与丘地，一直延伸到布喀达坂峰山脚下。湖边滩地上有一百多只藏羚羊，母子相随；远处河谷混沌未开，有几只野牦牛立着。它们都静静地低垂着头，西下的太阳把每一头野牦牛、每一只藏羚羊照得雪亮。吉恩一直看着不说话，他的目光发软，放出光亮。我弄不清他是被啥吸引住。老井给他一支烟，他头也不转，拿过接着抽。老井看不出名堂，回去支炉灶烧水。我也跟着走了，因为我知道，这个时候吉恩喜欢一个人待着。从这时候起，我再也捉摸不透他的心思。

确实有点奇怪，太阳湖就在马兰山后面，这么多年来竟然没有受到破坏，没有淘金的、偷猎的来过。莫非是布喀达坂雪峰镇住了这群世俗的人？

我们留在太阳湖保护母藏羚羊和小崽，直到它们平安离开。开始还感到新鲜，可是两天后，我和老井就待不住了，就往山脚下跑。老远就看见一片蒸腾的热气，走近一看，原来乱石间有一道硕大的泉眼，沸腾的泉水直往外喷发，热气也弥漫开来。我想掬水洗脸，手却被烫得缩了回来。

这雪峰冰川下竟然有沸泉，仿佛是神仙之地。进入可可西里以后就没有条件洗脸洗脚，我回去拿盆子，并把吉恩也叫来了。

他见到沸泉，眼睛发亮。我问靠近冰川咋会有沸泉，他只是笑着说："大自然不是冷漠的，这是布喀达坂峰的赐予。洗了热泉，就成了太阳湖和可可西里的守护神。"我和老井都响亮地呼应着。三人用盆子和铅桶接过滚热泉水，洗脸泡脚滑溜溜地爽，不是神仙，赛过神仙，有难得的纪念意义。

每天吉恩安稳得很，一边看守藏羚羊，一边观看风景，尤其是太阳快要落山的时候，他会准时坐到湖边。这时雄奇的布喀达坂雪峰下面，坡地植被、河谷、野牦牛、太阳湖与湖滩上的藏羚羊和石块，都镀上一层夕阳的余晖。他不会单被一种景致所吸引，我很想去探问探问，便跟了上去。

我找不着合适的话茬，主要是怕打搅他，就和他一道默默坐着。还是他主动问："你看出啥名堂，说来听听。"

我说："只是感到很古老。昆仑山、太阳湖和藏羚羊，像一幅自然的油画。"

他不吭声。

我问："老师一直在看，琢磨到啥？"

他却反问："你看布喀达坂峰时有啥感觉？"

我一时被问住，只是说："这雪峰很高，雄伟壮丽。"

"与平时看山有啥不同的感觉？"

"我有一种高山仰止的感觉。"

他又不吭声。

这时，我直问："老师有啥感觉？"

他仰望着布喀达坂峰说："站在这里，人很渺小，也很可笑。"

我从来没有听他说这种话，以为与他工作不顺利有关。接下来，他平和地说给我听。

"也许我很久没有看到这样的原始生态，第一眼看到野牦牛、藏羚羊被太阳照得雪亮，禁不住心内有些颤抖。我体味再三，才明白眼前湖边的藏羚羊与河谷的野牦牛等生灵之所以令人心颤，是因为有昆仑山的布喀达坂雪峰。你看，这太阳湖、河谷一直延伸到布喀达坂峰山脚下，其实有了耸入云端的布喀达坂峰，才有这种布局，是雪峰的水滋养了这一片湖泊、河谷草甸，才会使你说的湖泊、河谷草甸、藏羚羊群像画一样美。因为这里是一片原始自然，包括山脚下那眼热气蒸腾的沸泉，因为没有受到破坏，千万年来都能保持平静如初，生命和自然之间浑然一体。我看见这里的生命被太阳照得鲜亮，产生了一种本能的反应，即安全感、舒展感，因而觉得自己的生命豁亮，引起内心的惊喜和颤抖。这看上去是简单的亘古不变的人和自然的生存之道，内心却感到原始自然的神秘，因而我不仅对雪峰、湖泊、河谷等都充满敬畏，而且也对被太阳照得雪亮的藏羚羊、野牦牛心生敬畏。我来到这里，第一眼就对布喀达坂峰肃然起敬，就像小时候对雪山的那种感觉，已经很多年没有这种感觉，除了对它的敬畏和虔诚之外，再没有其他异念和想法。这两天，我琢磨着是不是自己思想退步了？"

吉恩感悟迭出，老井也走来坐下，听他讲：

"如果整个可可西里都像太阳湖这样不受侵扰多好。这里不像马兰山、卓乃湖，没有受到破坏，藏羚羊没有受到惊扰。见过马兰山的百孔千疮、卓乃湖的猎杀惨况，就倍加珍惜这一片原始状态的美好自然。人与万物是平等的，人不能把自己当作万物的主宰，或任意向大自然索取，破坏自然也是损害人类自身。人类只有尊重自然万物，让自然万物能够按照自身的本性获得生存，这样作为处于自然万物之中的人类，才会得到益处和真正的快乐。

"你看眼前的雪峰、河谷、野牦牛、湖面、滩地、藏羚羊群，是相互依存的自然世界。人类生存、社会发展都离不开这基因型的原始图式。雪峰在上，坡地植被、河谷、草甸和湖泊在下，藏羚羊、野牦牛是行走的精灵，有了它们，自然世界才有生命感。这三者都是造物主安排的，缺一不可。我们人类的祖先正是从这样的原始图式里走出来的，原始自然是人类依存的母体。可可西里是江河源地，也是人类生命依存的源地，只有保持其原始自然生态，才能源远流长，生生不息。要使可可西里的自然环境不受破坏，咱们就是要守住这三者，这三者中处于第一位的，是保护雪峰冰川。保护雪峰冰川，要从保护植被做起，禁止沙娃滥采滥挖。雪峰冰川十分脆弱，很容易受到破坏。雪峰是河流、湖泊与草甸的源泉，是神圣的。你看那，昆仑山横穿可可西里全境，自古称为万山之祖，你说昆仑雪峰能不神圣吗？可可西里和青藏高原的高山雪峰都是神圣的。现在我才理解世界上那些保护自然的绿色组织存在的意义，我们还缺少这种自觉意识。"

老井的注意力已转向那沸泉，想着昨天泡脚的舒心。我也跟不上吉恩的思维，他却不看我们，像是自说自赏而进入了一种境界。

吉恩与我和老井研究起草成立植被保护办公室与野生动物保护办公室的报告，并由老井担任野生动物保护办公室主任，我担任植被保护办公室主任。

老井笑着问："办公室主任属什么级别？"

吉恩说："当然是县局级啰。"

老井说："你说了能算吗，报告不石沉大海就算奇迹啦。"

吉恩说："等将来建立了保护区，也是以植被保护与野生动物保护为重点。"没等老井泼冷水，他又说："我相信会有这一天。"

但我和老井一样，感到前途渺茫。第二天，吉恩又去湖边转悠，老井和我除了每天去一次沸泉泡脚，就感到没事做无聊。

下午从沸泉回到帐篷，我们拎回半桶泉水，吉恩见泉水还冒着热气赶紧脱鞋泡脚。老井说："这样待下去不是办法，如果藏羚羊一个月不走，总不能等一个月吧。"吉恩脸上泛起不悦。老井说："不是泼你冷水，到时粮草断绝，可是人命关天。"吉恩仍若有所失似的，喃喃地说："咱们离开了，有偷猎的来了咋办？"我说："还按照上次阻拦藏羚羊进入偷猎区的方法，把它们赶走。"吉恩说："这群藏羚羊栖息在这里，只能耐心疏导，让它们离开，反正小崽都能跑了。"

第三天，老井留守营地，防止偷猎车辆进入。我随吉恩去湖边接近藏羚羊群。藏羚羊安闲得很，小崽子跟着妈妈吃草，或者三五成群地嬉戏，追逐着。它们见到我们，一点也不害怕，只是抬起头来傻看。我俩向它们挥挥手，母藏羚羊懂得是人类友好的表示，也友好地看着我们，然后又安闲地低下头去。有两只小崽一直好奇地看着我们，它们可能还是第一次见到人类，我向它们亲昵地招手，有一只向我们走过来，这时羊妈妈叫唤着，小崽才止步。吉恩说，这群藏羚羊没有受到过猎杀的惊吓，它们天性纯真善良，最容易与人类和谐相处。我提出逮住几只小崽走，羊妈妈和其他藏羚羊就会跟上来。吉恩说，采取挟持的方法不厚道。他要找领头羊沟通，于是又向里面走，走进有近百只藏羚羊的草滩。我们看见一只长有弯弯长长的犄角的公羊，应该是领头的藏羚羊。许多藏羚羊都抬头向我们看，唯独这只领头羊在湖边立着，像个司令官，看都不看我们一眼。我捡起石块投向水里，引起羊群里一阵骚动，领头羊才转过身来，警惕地张望。吉恩向它招手，它竟然慢慢走了过来，在临近我们的几只藏羚羊旁边停住。吉恩称这只公藏羚羊"管事"，他随即打着手势喊话：

"湖边不安全，你们先回吧。"

这只领头羊和同伴只是呆呆地看着，显然它们不懂人类的语言。

"小崽能跑了，带它们回吧，这里不安全。"吉恩继续打着手势喊话。

藏羚羊们仍是呆呆地看着，领头羊知道我们不会伤害它们，也转过头去。

吉恩像孩子似的，抬起两只手做出射击的姿势，嘴里不停地叫着："砰砰砰……砰砰砰……"

我忍不住偷笑。

他喊了一会儿，又让我接着示意喊话。我说这些藏羚羊没有受到过猎杀的威胁，不懂射击的意思。吉恩说，我们反复演示，造成紧张的气氛，它们总会明白的。尤其重要的是，我们要降低身份，拿出与它们平等亲近的姿态，我想它们会懂的。

让我没有失望的是，这些藏羚羊没有离去，我们喊话演示，总有藏羚羊抬头看着，尤其是小崽一直好奇地看着，一天下来，几乎混熟了，我们靠近去抚摸，它们也不退缩躲避。只是雄性小崽的那两只犄角不让碰，我触摸小崽的犄角时，母藏羚羊都向我冲撞过来，不是吉恩举手道歉，我就会被它们撞伤。不过这一冒险，让我们知道藏羚羊的一对犄角不可触摸。吉恩说藏羚羊停止冲撞，说明它们接受了他的道歉，而藏羚羊接受他的道歉，说明它们理会到人的语言动作。"藏羚羊有灵性，能够与它们交流沟通。"他一脸兴奋。

第五天，奇迹发生了。我们来到湖滩，带头的公藏羚羊和同伴们都静静地站着，像是迎接我们似的。我有些兴奋，很想与它们说话，但见吉恩已站在前面，只得控制住自己，让领导讲话。吉恩依然打着手势说：

"这里不安全，你们快回吧。"

"小崽能跑了，带它们回吧，这里不安全。"

我发现他的演示越来越形象准确了，比如说"回吧"，他朝着回去的方向，学着藏羚羊走路。演示"不安全"，又加上头顶的乌云、迎面而来的狂风、电光石火的雷劈等，他手舞足蹈，简直成了藏戏里的角色。领头的公藏羚羊大概有过体验，开始色变，黑眼睛里也有了些恐惧，尤其是那弯弯长长的犄角，警惕地耸动，这时它的同伴们都警觉起来，随着领头羊立着不动。领头羊一对弯弯长长的犄角静静地竖着，仿佛听到一个声音：

孩子们，走吧！太阳湖不再是你们无忧无虑的故乡，乌云笼罩，狂风和雷劈即将来临。

孩子们，我是替忧患之子把信息传给你们。忧患之子正为你们的生存与安全而战，你们要体恤他的关怀与苦心。

孩子们，走吧！

领头的藏羚羊向苍空长叫了一声，大概是回应和感激，接着率众藏羚羊包括小崽子面向吉恩和我，我从未见过这么多的黑眼睛一道看过来，那种纯真的信赖令人震撼。吉恩面对它们双手合十，眼神特亲昵特纯朴，他眼皮子抖动着，大概也是受到感动的缘故。有几只小崽还呆呆地看着我们，我俩都亲昵地挥手，让可爱的小崽跟随妈妈跟上队伍。这一百多只藏羚羊紧紧地跟随着，踏上返程的路。

老井被这一场景惊呆了。

这是人类尊重藏羚羊，与藏羚羊平等对话与沟通产生的奇迹。

老井不信藏羚羊听懂了我们的劝导。

吉恩说："我在演示中仿佛也成了藏羚羊。"

我也把幻觉中听到的声音讲给老井听，老井说这是我心里想的，我说没有能力想出那样的话。但至今我不解那一道从天而降的神谕，只能说，这是藏羚羊那一对弯弯长长的犄角与上苍通灵中获得的，只能说吉恩对藏羚羊的诚挚之情与执着守护，感动了上苍。

19

成立可可西里森林公安派出所的事，没有着落。要是以往，吉恩也就罢了，他会说："发现问题，我们有责任提出来，批不批是上面的事。"以往每次报告都没有着落。这次，吉恩没有罢手。在太阳湖送走藏羚羊群之后，他没有轻松，眼角多了几道皱纹。从太阳湖出来，他有了一种刚毅之气，也给了自己无形的压力，而预感却像乌云似的压迫着他。

早上，我来到他家里。吉恩坐着看书，才丹缠住他，要去姑姑家看小藏羚羊。爸爸说，应该把你丢在姑姑家的，陪着小崽。

昨天晚上，吉恩带着才丹去看过小崽。央拉也刚回来，藏羚羊小崽一听到开门声，就嗷嗷地叫唤起来。央拉说着让羚羊宝宝饿了，拿过奶瓶，坐到它身边。小崽亲昵地靠近她，张开嘴滋溜滋溜地喝。才丹站在一边看着，姑姑让他抱抱，他直摇头。不一会儿，一瓶奶就下肚。小崽食量不小，每次都要喂一瓶奶，把肚子喝得圆鼓鼓的才罢休。小崽不仅恢复得很好，长得也快，才一周时间，四肢就伸展开，快能走了。央拉喜欢藏羚羊黑溜溜的眼睛，像孩童似的纯真可爱，她不明白那些偷猎的怎么下得了手。

才丹抱住爸爸的膝盖，又要听故事。吉恩说，爸爸要上班去。我看时间还没到九点，便说今天是周六，办公室十点才有人。吉恩先让小儿子复述一遍昨晚讲的，才丹脑袋瓜挺灵，在阿哥次仁的协助下，完整地讲了出来——

五六只小藏羚羊跟着羊妈妈在湖边散步，突然响起一阵枪声，一只羊妈妈被子弹击中倒下，伤口血流不止，小藏羚羊蹲在羊妈妈身边不走，雪白的小肚皮上沾满血迹。羊妈妈着急，要小崽赶紧离开逃命，因为流血过多，无力与小崽说更多的话。小崽一直在血泊中陪着妈妈，不知道妈妈鲜血流尽快要死亡。这时逃离的藏羚羊又折了回来，这些羊妈妈并不想离开危难中的同伴，它们把小崽带到土丘后面，要它们逃命。可是几只小崽刚学会走路，都不愿离开妈妈，也跟随羊妈妈折了回来，走近倒在血泊里的小伙伴。被子弹打中的羊妈妈已经奄奄一息，它在同伴们关爱的目光里，慢慢闭上了眼睛。

这时曲珍抱着被褥走过来，一脸笑容，吉恩难得有时间坐下来给孩子讲故事，因而她今天特别高兴。

才丹使劲摇爸爸的胳膊问："阿爸阿爸，开枪的是坏人吗？这坏蛋有没有再开枪？"

"那只失去羊妈妈的小崽有没有被打死？"次仁又补充问，"还有那些折回来的羊妈妈和小崽，有没有被打死？"

吉恩模糊地应了一声，然后说："让叔叔讲给你们听。"

"不，叔叔不知道这个故事。"

"叔叔知道……"

弟兄两个把目光转向我，我便不假思索地说："是盗猎分子开的枪，他们人很多……"

吉恩见妻子曲珍晒完被褥进来，赶紧接过我的话茬说下去："这几个盗猎分子看见森林警察来了，都吓跑了。那只失去妈妈的小崽被折回来的羊妈妈们带着，这些羊妈妈待它像待自己的小崽一样亲。"

我一脸蒙，为什么不讲盗猎分子残忍，把这一群藏羚羊都打死了？但换位一想，少讲负面的东西，更适合儿童教育。

才丹叫着："阿爸，我长大要当森林警察。"

曲珍问："你们有森林公安了？"

吉恩说："嗯，快了。"

曲珍又问我："洛桑扎西你说说，可可西里盗猎的人很多，人人都有枪，是吗？"

吉恩又接上说："没有你说的那么严重……"

才丹仍摇着爸爸的胳膊说："阿爸，我长大要当森林警察。"

曲珍把才丹拖开，打了他一个耳光，才丹哇哇哭了起来。

"你打孩子干啥？"吉恩哄才丹，然后拿起公文包站了起来。

曲珍冷着脸，不吱声，眼睛里焦躁不安。

吉恩看着她说："我去机关有点事，回来吃午饭。"

这时我才明白，吉恩不讲盗猎分子的残忍，也是不想让曲珍知道可可西里盗猎活动的猖獗，不想让她担忧。

多吉已坐在办公室里，我把新打的两份报告交给他，多吉接过两份报告看了一眼，就搁在文件堆里。我问常委会啥时开，多吉捧着其他文件看，没有回答。其实我明白，多吉不理睬我，证明没有消息，如果罗追有批复或要吉恩参加常委会，他就不会怠慢我。但吉恩老催问，我不得不来找他。我说："吉恩书记让我来问的。"这时他才说："开会时，我会打电话告诉吉恩。"这是我第一次听到多吉直呼吉恩的名字。

这次吉恩一回来就向罗追做了情况汇报，提出可可西里盗猎活动猖獗，形势严峻。罗追听了表示吃惊，说要把这情况向州上、省上反映。吉恩又提出要成立可可西里森林公安派出所，强调没有森林警察就阻止和打击不了盗猎分子。罗追只是朝他看着，仿佛对他的思路表示质疑，眼角还浮出为难的愁云。他见吉恩态度坚决，便说这事要开常委会研究。

这几天吉恩都待在办公室里，并让我又把报告打印了几份，准备开会时发给每位常委。他还准备向常委们讲讲保护可可西里自然生态的重要性，因为他知道多数常委不理解他的行动。可是两天过去了，没有任何消息。吉恩琢磨着罗追朝他看时浮出愁云的脸，仿佛听到罗追在说，我拍板县财政拨给你两万，什么时候见回报，什么时候才能摘掉贫困县的帽子？但他不再体谅罗追的难处，他的心已被太阳湖占领，卓乃湖等盗猎现场的惨状，像马蹄似的踩着他的心窝。

我站在吉恩的办公室里，见他萎靡地坐着，不一会儿，又站了起来，来回走着说：

"为了一个县的经济利益，对藏羚羊遭受惨杀视而不见，我做不到……

"为了一个县的经济利益，放弃对可可西里的守护，失去太阳湖，我们就一无所有……"

吉恩不再像以往沉得住气，像是自语，又看着我。他让我请多吉过来。多吉不紧不慢，来到吉恩办公室，打了招呼坐下。

吉恩开门见山地说："请你问一下罗追同志，对可可西里工委的报告的处理意见。"

"领导对文件阅后有处理意见，就会让秘书送来。"多吉朝吉恩看着。

"不签意见，也可能有其他原因，请你去一趟，我们得赶紧下去呢。"

多吉似不解吉恩的执着，笑着说："老同学，你不应该不明白罗追书记的意图吧？"

吉恩说："明白，还请你做啥？"

多吉一愣，脸冷了下来。

吉恩拍拍他的肩膀说："不为难你，就说我问的。"

多吉这才说："好吧，我为你跑一趟。"

当天晚上多吉打电话告诉吉恩，罗追意见：州上直接管着可可西里，成立森林公安派出所不是县里能够决定的。其实吉恩知道罗追做事一贯小心谨慎，把这事推到州上，应该在意料之中。只是他没有法子，仍然执意为之。他心里清楚，王利国才是掌握可可西里工委决策和人事的关键人物，也正因此，没有把握的事，他不去找他。王利国等待他的是拿出开发金矿的方案。再说报告搁浅，情况简报照常会送到王利国案头。

也是在这天中午，我从洛原上来的朋友口里得知，达瓦仍然在黑市上收购藏羚羊皮。我告诉吉恩，他立即往乡里打电话，秘书说才卓书记去了县里，吉恩要秘书转达，让才卓立即找他。可是一天下来也未见才卓人影，我又打电话问，秘书说已经转告才卓。听多吉说才卓来县里是向罗追书记汇报情况，我在才卓住所找到了他，要带他见吉恩。他没有问找他有啥事，只是看了看我说，晚上要赶回去，落实罗书记的指示，他答应说吃过饭给吉恩书记打电话。

晚饭后，我又来到吉恩家里，才卓一直没有给吉恩打电话。

曲珍说："你不在位，人家不听你的啦。"

我说:"才卓是怕问责。"

曲珍说:"现在你不在家抓工作,不抓工作就没有权,以前捧着你的人,不再捧你听你的啦,你空担一个副书记的名。"

吉恩说:"这些人为了一己私利,丢掉了做人的底线。"

我说:"吉恩书记在可可西里的工作强度,不是他们所能比的。"

曲珍说:"我知道你们在下面吃苦,还担着风险,但有几个人能看到呢?"

吉恩说:"不要认为我们干着不切实际的事,太阳离我们很远,但谁能离开它呢?"接下来,他不再说话。

我站起身要走,他才说明天一早出发。临走时,我见他找出刮胡刀刮起胡子来,曲珍瞥了他一眼,说:"明天走了,还拿它做啥?"

每次,吉恩拖着疲惫的身子回到家里,都是胡子拉碴。曲珍对他做吃力不讨好的事,自己也跟着受累受罪,免不了唠叨几句。吉恩一边刮胡子,一边听她唠叨。有一次,我回头拿笔记本,不见吉恩,只见刮胡刀丢在茶桌上。曲珍告诉我说他在温室内,我见她一脸不满和无奈,像刚拌了嘴。她心里有委屈。她跟着吉恩,不像其他书记、县长的夫人有优越感。现在人实际得很,吉恩这个书记常年在外,很少参加县里活动,又受到人们非议,家属自然也受到冷落,何况她还辛辛苦苦拉扯着两个孩子。我理解她的心情,更感到干事不容易。我想对她说,你让吉恩去温室内抽烟,岂不是助长了他走与别人不同道路的意志。

我知道吉恩看书看累了，或为避开妻子的唠叨，习惯朝温室里跑。说准确一点，温室是他心灵的园地，当思想上出现矛盾冲突时，当百思不得其解时，他在温室能够沉静下来，好好思考，找到问题的答案与前进的动力。

今天，我在院子门口停住，回头看，或许他又会去温室。

20

刚来的司机叫才扎西，是和尚还俗后考了驾照，然后应聘到县级机关驾驶班。自才扎西开车后，吉恩就坐在副驾驶座带路。我到后排与老井挤着。

车子到了西海，又去了黑三角。那些收购皮子的、卖枪支弹药的，仍围着水泥花坛转悠。我正想着索性买两支长枪，与老井一人一支，突然听到吉恩叫达瓦，达瓦站在一家店铺门口与人谈交易，我随吉恩跑了过去，达瓦想溜，被我拦腰抱住。

吉恩把达瓦带到车上，厉声训斥："你不走正道，为了赚钱，背叛祖辈，败坏家风。阿妈为你担负骂名，整天为你祈祷，替你受罪，你却执迷不悟，又跑到黑三角贩卖皮子。藏羚羊是国家一级保护野生动物，绝不允许猎杀，你贩卖皮子为猎杀行动推波助澜，同样属于犯罪行为。你从中得到的钱越多，双手沾上的血迹越多，因而罪恶越重。你若继续干下去，不仅是遭人唾骂的不孝之子，而且是与可可西里盗猎团伙进行肮脏交易的不法分子，你就成了洛原的败类，藏族人的败类，一辈子都不得心安。"他用严词狠话指责达瓦，发泄积压在内心的怒气。

达瓦低着头，一声不吭。洛原遭受雪灾那年，达瓦家房子塌了，牛羊都死光了，是吉恩把救济款亲自送上门来，并让牧委会安排人帮他家砌起新房。吉恩见达瓦答应改错，态度缓和下来，让他做对大众有益的生意赚钱。我要送他去火车站搭车回去，达瓦说自己走，我怀疑他与偷猎的有交易，便敲击说："我们相信你真的知错改错，假如口是心非继续干，就把你抓起来。"这时达瓦才说出实话，确实谈好一笔交易。吉恩追问交货的数量与具体时间、地点，他只说五十张皮子。我说要对偷猎者做情况登记，达瓦才把交货的时间、地点说了出来。

把达瓦送上火车后，吉恩才说，要把这个偷猎团伙连人带皮子一起截获，送到省森林公安处处理。老井笑着说，可可西里工委开始了保护藏羚羊的执法行动。

晚上九点，一辆小车带着一辆大卡车开了过来，我们的车早早埋伏在西海西郊十公里处的垃圾场。没想到偷猎的主子就是冯金来，他那辆满身泥浆的吉普被大卡车灯斜照着，一副见不得人的模样。我们三个脸上都挂着笑。我不会忘记上次与冯金来遭遇时受到的窝囊气，这次非把他那嚣张气焰打下去不可。我捉摸不透吉恩笑的意思，他不会像我具有很重的报复心理，或许他会叹息，他曾住过的村子里的小家伙，十八年后咋会成了避不开的对手？

吉恩叫才扎西开车迎了上去，趁冯金来猝不及防之际，上了他的车。我和老井拦截住载有皮子的大卡车。吉恩上车以后才说，你们被抓了。冯金来开始一脸蒙，接着想踩油门开车逃跑。吉恩抓住刹车，说，我们是受省森林公安处委托执法，你若违抗罪加一等。冯金来抓住方向盘犹豫了好一会儿，才按吉恩的指令开车。

这次，冯金来闷着头不说话。车子快要停下时，他问，你们与达瓦认识？吉恩说，你干了违法的事，总会被抓的，不要有侥幸心理。冯金来仍认为偷猎不违法，是吉恩盯上了他，他摆出一副无所谓的样子。吉恩对省上如何处理冯金来，心里没有数，但总会没收皮子，对他们教育一番。这样也会促使冯金来迷途知返。

早晨车子开出了西海，老井押着装有皮子的卡车，冯金来坐在我们的吉普上。吉恩让我坐在副驾座，他要和冯金来坐在一起聊聊。我感到对冯金来只能来硬的，先在后排坐下，吉恩却挤了进来，我不得不去前面坐。

冯金来一声不吭。吉恩问他现在带有多少人，却不见回答，我转头一看，见他闭着眼，以为他装睡，不想回话，便冲他说："吉恩书记问你话呢？"

"就这么多，六个……"冯金来支吾着。

"你爹妈的身体好吧？"吉恩接着问。

"嗯……"冯金来微闭着眼，声音小得几乎听不到。

"你母亲善良，待人热情大方……给你的遗传因子多好。"吉恩接着说。

我没听吉恩说过，他在马家营实习期间，与冯金来家里有啥接触，当着冯金来也不便问。冯金来没听入耳，不一会儿，打起了呼噜。我看不惯他目中无人的跩相，回头望了望，说：

"他手下不会是六个人，撒谎。"

冯金来像没有听到我的话似的。

我又说："夜里不睡觉干啥啦，去洗浴中心泡妞啦？"

他依然闭着眼睛不吭声。

我偏要激他，接着说："你用榨取沙娃的钱，用猎杀藏羚羊换来的钱去享乐，自在吗？"

冯金来终于睁开眼睛，大声吼了起来："别以为你是政府的，就可以随意血口喷人。"

"我咋血口喷人？"我知道自己说话过分，声音很小。

"谁榨取沙娃的钱？谁去泡妞啦？拿出证据来呀。吉恩书记，你评评理。"

"洛桑扎西看到你上车睡觉，说的玩笑话。"吉恩打着圆场。

"有这样开玩笑的么？"冯金来还是愤愤不平。瞌睡虫吓跑了，他掏出烟盒，抽出一把烟，吉恩接过一支。他又把烟递到前面，吉恩说才扎西不会抽。他仍捧着烟盒，吉恩说洛桑扎西也不会抽。

我不由心里一震，他竟不计前嫌，但也可能是故作大度。他迫于我们的执法手段，变得夹起尾巴。

他自个儿点起一支抽着，与吉恩说："刚才你问多少人，我没有撒谎。"

"据我所知，你们还有马青山、冯老二、甘一平、何二高吧？"我注意起措辞，态度平和。

冯金来说："堂哥回家，马青山另立山头，甘一平、何二高也离开了。我们现在就六个人。"

吉恩问："马青山常在啥地方活动？甘一平、何二高去了哪里？"

"不清楚，马青山很鬼，不会把行踪告诉别人。"冯金来转过头来，带有几分恭敬，"吉恩书记，上次听你说以前见过，后来我想了想，你是住在咱村的藏族大学生？"

我想说，刚才吉恩书记已经问候你爹妈，事后又套啥近乎？还是噎住。

吉恩没有吭声。

冯金来又说："吉恩书记像变了一个人，我认不出来啦，那时我还小哩。"

吉恩说："你问我关于太阳山捡金子的故事，还记得吧？"

冯金来想了想说："嗯，好像有这回事。"

吉恩说："我说这是一篇寓言故事，教育我们不要贪心不足。你却说'一块也是拿，两块也是拿，拿起两块赶紧走，不会被太阳烧着屁股的吧'。"

我和才扎西都笑了。

"嗐，吉恩书记记得这么清楚，那时我人小不懂事。"

冯金来脸也不红，接着说："感谢你的帮助，有时间请你再光顾咱马家营……"

"我可没有帮上你。"吉恩打断他的话，"你来可可西里捡金子，拿了一块不想走，还要拿第二块呢。"

冯金来一时没有话说。

"堂哥啥原因不跟你干？"吉恩问。

"也没啥原因。淘不到金子，村上人大多都回去了。"

"你有没有回去的打算？"

"有哇，可可西里不是久留之地，只是打算挣点本钱，回去做小生意。"

"你淘金发了大财，还没有本钱做生意？"我插话。

"别看表象，内囊是空的。赚了钱，大多分给大伙，自己虽算留一点，但上面有些收费都是自己交，马兰山补交一笔草皮费就是十二万。"

"你是说因为构筑土堡，西海又收了植被破坏赔偿费？"

"嗯。人都走光了，这十二万都是我一人背。哦，吉恩书记，第一次见面，我对你态度不好，是我不对，不过也得向你解释一下，每年都有专门的部门收费，包括罚款。"

我觉得冯金来换了一副面孔，话越来越多，似乎另有企图。

后来吉恩把话挑明："冯金来，我劝你及早收手。只要你答应这次就回去，我们就建议省森林公安对你从轻处理。"

冯金来说："嗯，可不能再罚钱。"

吉恩说："罚钱算是轻的，还可能拘留蹲班房。"

冯金来急了，说："凭啥让我们蹲班房？打羊还会蹲班房？你别吓唬咱们贫下中农。"

吉恩说："你毕竟读过几年书，与不识字的农民不一样，咋能认为猎杀藏羚羊不犯法呢？"

我说："吉恩书记已说了，你若洗手不干，可以从轻处理。"

冯金来没有吭声，眼睛闭了一会儿，又睁开来，继续抽烟。

晚上停车住宿，冯金来对老井说要做东请我们吃饭，吉恩不同意与待处罚的偷猎分子搅和在一起。吉恩和司机才扎西同住一室，第二天才扎西告诉我，昨天晚饭后，冯金来找到房间来，才扎西去了洗漱间，回到房间时，吉恩让他把一只信封退还给冯金来，信封里装有一万块钱，是冯金来临走前偷偷丢在吉恩床上的。吉恩拿着信封说，这差不多是五十张皮子的钱，收手不干，鬼才相信他。

到了省上森林公安处，向吴政委汇报。

他打电话找来一位科长，让他对我们抓来的几个人进行思想教育，这位科长是政宣科的。吉恩提出要对偷猎分子实行处罚和刑事拘留，否则，他们不会洗手不干。

吴政委说："你不相信思想教育工作么？"

吉恩说："政委，我没有说不相信。"

吴政委脸上又浮出笑，说："就打了几只藏羚羊，能对他们怎样呢？"

老井不满地说："政委，最好你跟我们去看看猎杀现场……"

吉恩见吴政委拉下脸，赶紧拉住老井，说："按吴政委指示办。"

这时吴政委脸色才收敛些，挤出些微笑说："你们的责任心，是应该肯定的。"

老井不高兴，认为吴政委是官僚主义，对官僚主义的领导不能软弱。吉恩说，目前就吴政委还支持我们，如果连他这支"令箭"也没有了，我们处境只会更困难。要多抓几个偷猎者，押送上来，让事实说话。

21

回到西海，已凌晨一点。住入旅店要把觉睡足，在荒原上搭帐篷不容易睡好。也因为完成了押送任务，几个人都放松地睡了一大觉。去餐馆吃了午饭，在往回走的路上，看见有一辆吉普从我们身边开过，我还嘀咕了一句，像是冯金来的车，但谁也没有在意。过了一会儿，这辆吉普又从我们后面开了过来，并按了一下喇叭。我回头看，发现这辆吉普刚冲洗过，风挡玻璃上晃动着冯金来那张倒三角形的脸。我仍认为是幻觉，只是说：

"这是冯金来的车。"

老井说："冯金来长翅膀啦？"

这辆车开到我们面前停了下来，仔细一看，车内握方向盘的的确是冯金来，旁边还坐着一个女人。我和老井都惊呆，不约而同地问出口：

"冯金来回来了？"

"嗨，回来了哈。"冯金来正等我们问哩，一脸得意。

"你一个人回来的？"我问。

"六个人和大卡车都回来了。"冯金来脸上带着微笑。

"啥时回来的？"我又问，眼睛看着旁边坐着的年轻女人，那女人一副妖艳的打扮。

"昨天夜里回来的。"冯金来对老井笑着说，"一道去吃大餐哈？"

我们三个都看出，冯金来故意找我们显摆。

老井冷着脸说："你别得意得太早。"

"你别误会，我没有其他意思。"冯金来把头伸出车窗外，大声说，"吉恩书记，你在马家营待过，算是有缘，啥时我想和你谈谈。"

吉恩一直冷着脸，没有说话，跨步向前。

冯金来踩着油门开车走了。我总感到冯金来有心机，但现在老井和我更是对吴政委不满。

不知道森林公安处有没有收缴他们的皮子？我本想问问，又怕没有被收缴，更助长了冯金来的气焰。

老井说："说不准那个副科长被冯金来买通了。"

吉恩一直不说话。沉默了一会儿，他说：

"可可西里不死几个人，上面是不会重视的。"

我见吉恩说这话时，眼里已经没有怒气也没有怨气。

我和老井呼应着发牢骚骂娘，他脸色阴沉，不再吭声。

晚上，吉恩独自坐在房间里抽烟，我看见桌上还放着一支手枪，他两眼直愣愣地盯着手枪。我了解吉恩是扛得住事的人，或许由于我突然见到手枪，感到担心害怕，急忙告诉老井，老井知道这支 77 式手枪，是主管政法的副县长借给吉恩的。他把家伙别在衣服里面的腰带上，没有人见到他掏出来过。现在他一个人在房间里，看着手枪发呆，咋不令人担忧？老井说不会出问题，让我先过去看着。吉恩见到我，便把手枪塞入床铺枕头下面。

我说："老师哪来的手枪？"

他不回答我。

老井拿出刚带来的一瓶互助大曲，跑过来说："抽烟伤肺，还是喝两口酒解解闷。"他用牙齿咬开瓶盖，在两只玻璃水杯内倒满酒。吉恩仍然抽着烟，目光直愣愣的，不看酒杯。直到老井敲杯，他才端起酒杯喝了一口。我不喝白酒，找出中午吃剩下的半包花生米，给他俩下酒。

老井找话茬："王利国对你还是不错的。"吉恩像没有听到似的。

老井有点自讨没趣，自个儿闷了一口酒。

我感到他需要一个人待着，但酒瓶已打开，不便向老井提示。老井了解他，不会与他计较。

我在一边撺掇说："你们干杯呀。"

"干！"老井用玻璃杯敲了敲桌子，他不与吉恩碰杯，也是防他不举杯而落得无趣。

吉恩还是端起杯子喝了一口。老井给自己杯子倒酒，这时吉恩的目光落在老井的酒杯上，不再显得僵硬。老井朝他笑着，故意不给他斟满。他没等老井举杯，自个儿闷了一口，然后夹起花生米吃着。

老井这一招挺灵。磨嘴皮子比不上喝酒，酒既刺激，满足味觉，又能穿肠灌肚，疏通淤积。

吉恩朝老井看着，似在等待他说话。

"我是说你应该把可可西里藏羚羊遭受猎杀的情况，当面向利国书记汇报，让他理解我们的行动。"老井又拾起上一句话。

"你想得简单。"吉恩端起杯喝了一口，欲言又止，接着又喝了一口，"我心里明白，利国同志对我的工作不满意。设身处地想一想，他这个州委一把手肩上的经济压力很大，他没有把我撤回来，说明他对我仍寄予希望，可是我只能让他的希望落空……"他又咕咚把杯内酒喝光。

老井给他斟满。我以为话头挑起来了，接下来应该是指责省森林公安，可是他却一字未提。老井说这专管可可西里环保的上级部门，不应该这么不负责任。他也没有回应，只顾喝酒。

老井抓住酒瓶说："不允许喝闷酒。想骂就骂，喝酒就是图个痛快。"

吉恩仍然不说话，与老井夺酒瓶。老井紧紧握住酒瓶说："你胃不好，你夫人曲珍让我看着你一点儿。"

他这才罢手，眉头皱起，目光又变直。

我悄悄与老井说枪的事，老井说："我替你保管那支手枪？"

吉恩说："别门缝里看人，我不会自杀做逃兵。"

沉默片刻，他展开眉头说，放假两天。老井和我仍朝他看，因为一年多来，从没听他说过"放假"二字，回到天河，没有紧急情况，也只是休息半天。吉恩见我们两个愣住，哈哈一笑，说：

"我的精神正常。不错，开始自己确实灰心消沉，现在想开了，开弓没有回头箭，既然是凭自己的良知和理智认准的事，就没有停下来的理由。我感谢你们两个在困境中仍与我一道，不离不弃，最后，我对不起的，可能就是你们两个，还有我的家人。"

难得他这么敞开心扉，老井和我眼眶都湿了。

"你别悲观，说不准利国书记会为你说话……"老井又说。

"在荒原上久了，我也会成为野牦牛的，不会被困难击垮。"吉恩打断老井的话。

我明白，他已经做了孤军战斗的精神准备。

也许是再无别的念头，第二天一觉醒来已快九点，我已多日没睡这么长的觉。从吉恩脸色看得出，他也睡得挺好。他本来说，白天逛了西海，晚上请我们两个吃大餐，后来又改变主意。也是我提出要唱卡拉OK，吉恩不吭声，老井没有兴趣。不一会儿，吉恩说，到拉琼家去唱，让拉琼叫上姐妹。我举双手赞成，老井仍要吃大餐。吉恩说话算数，在西海熟食店买了各种酱肉和小菜，老井耷拉着眼皮。吉恩又去超市买了两瓶西宁老窖，老井见了才展开眉头。吉恩说，今晚一醉方休。这时，老井也忘了吉恩妻子曲珍的嘱托，应和着说，不醉不归。吉恩问，归哪儿？老井说，回帐篷睡觉呀。三个人一阵大笑。

繁星满天，夜晚高原的天空分外明亮。拉琼叫来两个姑娘、一个小伙，在帐篷旁边生起火堆，录音机已插入藏族歌舞的音乐磁带，声音在无边无际的荒原上传得很远。

吉恩知道格桑在家，让拉琼请他来一道喝酒。原来吉恩过来也是要会会格桑，让他谈谈巍雪山一带有藏羚羊聚集和栖息的地段。我听他说过盗猎分子开始向西北边缘推进。拉琼爷爷得知我们反盗猎以后，待我们如同一家人，特地让拉琼阿妈炖了一锅热气腾腾的羊肉。老人家还关照格桑要好好配合我们，他接受敬的一碗酒，喝完，坐到一边又端起长杆烟袋。吉恩与格桑没完没了地聊着，老井也不便催促，独自饮酒，有时也搭上两句。我不喝酒，且歌舞心切，吃毕，陪坐了一刻，就出来了。

外面，两个姑娘与一个小伙在跳舞。拉琼站在一边唱歌，因为没有扩音器，声音像被荒原夜晚的沉寂侵蚀着。我邀她跳舞，不见反应，可能是她还记着我说她和冯金来的事。于是，我加入三人舞的行列。也许因为我的动作比较帅气，两位姑娘乐意与我拉起手，一起舞蹈。不知不觉，大概过了一个小时，吉恩、老井和格桑走了出来，格桑张罗着围着火堆跳起锅庄。老井说不会跳，硬被格桑拉着，看来他没少喝西宁老窖，身子有点儿打飘，还是撤了下来。拉琼主动挨近吉恩，只是舞锅庄，拉不上手。吉恩随着拉琼转圈，他人高臂长，舞蹈起来大气，不是用动作帅气能够形容的。我给他留下比较大的空间，让他施展开舞姿。今晚柴火燃烧得很旺，吉恩很尽兴，呈现在我眼前的，分明是一个自尊自强的康巴男人，看不出一点官相。荒原上受到惊扰的藏羚羊，想必会以不一样的目光看过来。

这天晚上，吉恩卸掉了思想包袱，心情舒畅。他称拉琼家是我们的"根据地"。

22

接下来，吉恩根据格桑提供的线索行动。抓住盗猎车辆和皮子，我和老井不愿再往省森林公安处送。吉恩说，越是这样越要送，要让主管部门看到可可西里藏羚羊遭受大规模猎杀的血淋淋的事实。我也看到，吉恩在吴政委的办公室不再停留，只管问如何处置，倒是吴政委跟了出来，我想吴政委也会感觉到吉恩的内心与难处。其实，后来抓住盗猎车辆和皮子向上送的，也就一两次。情节不严重，团伙人数少的，都是自己处理。也有劝说回去的。吉恩说，我们是没有名分的"野战军"，与这些盗猎农民靠得近。

每次去可可西里路过西海，断不了去黑三角，发现有人做皮子交易就追捕。到了黑三角，吉恩总是叫我先到那个中年人的饭馆看看。这天，我走进饭馆，只见韩中铭和一帮弟兄坐着划拳喝酒，不亦乐乎。我对吉恩说，他们十有八九在交易皮子。吉恩说，交易皮子在另外的地点，已经运走了。

刚离开饭馆，冯金来带着肖新建走了过来。吉恩让我拦住冯金来，我明白冯金来和韩中铭搅和到一起，没有好事，便跑上前叫冯金来。冯金来见是我，只当没听见。我站在饭馆门口拦住他，说：

"冯老板，你不是要与吉恩书记谈谈吗？"

冯金来这才站住，以疑惑的目光看我，问："你们来这里做啥？"

我说："抓卖皮子的。"冯金来下巴耸动了一下，转身要走。我说："吉恩书记在那儿等你哩。"

他顺着我手指的方向看去，吉恩在向他招手。他跟肖新建低声叨咕了两句，便和我一道向吉恩走去。

吉恩与他握手，说："就在这里坐坐。"冯金来随吉恩走近花坛水泥池。几个转悠着收购皮子的二道贩子，还有叫着卖"钉钉"的，并没有因为水泥池边立着政府干部模样的三个人而离开，他们旁观着，揣摩政府的人闯入他们交易的领地，要与一个打羊的老板谈什么。有一个戴着棕色毡帽的藏族商人目光专注，冯金来的脸一直避开他的目光。我猜冯金来与这个商人接触过，或许谈过皮子交易。藏族商人慢悠悠地走过，像在等待打羊的老板。吉恩脸色阴沉，老井小声对他说："这里是西海市，看着干生气，换个地方谈。"吉恩便走向西边巷道，冯金来向藏族商人瞻顾了一眼，跟上吉恩。吉恩只顾向前走，来到一处废弃的篮球场，生了锈的铁架上站着一群麻雀。他在一块干净的地上坐下。

冯金来说："这咋行，去酒店里坐吧？"

吉恩看着篮球架说："这里清静，有麻雀欢迎我们。"

冯金来掏出烟盒，吉恩已把烟盒和打火机摆在面前，自个儿抽了起来。我拿出本子，准备记录。

冯金来不说话，只听到麻雀喳喳地叫着。我们三个都朝他看，他眼睛眨了眨，说："你们啥时候撤？"

吉恩问："你找我就问这个？"

"不是，我随便问的。"

我觉得冯金来想试探我们，便插话："你带着肖新建来黑三角干啥？"

"顺路走到这里下馆子吃个饭。"

老井说："不会这么简单吧，最近打了多少皮子？"

"没有。哪这么容易打到皮子。"

"看来你和饭馆老板很熟，哦，还有那个商人……"

"你们这是审问我吗？"冯金来站起来要走。

"不是，他们随便问的。"吉恩向冯金来打着招呼，"你讲讲，还打算在可可西里猎杀多长时间？"

冯金来板着脸，隔了一会儿，说："事情没有你们想的这么简单。"

吉恩说："有啥难处？你讲吧。"

冯金来说："淘金队解散，转向打猎，得重新组织队伍。马青山是发起者，加上我和肖新建，又招收了四人，都是新来的。每人入股拿出八千块，买大卡车和枪支等，新来的四人都是借款凑齐八千块，有三人抵押了家里房屋。"

吉恩说："你咋说别人是发起者？"

冯金来说："发起人确实是马青山。"他还讲了马青山卖皮子的细节。

马青山有腰寒痛，来马兰山淘金，一到夜晚受风寒就哼哼着直不起腰来，身上有一件羊皮板子也不顶用，就把大伙打来吃的藏羚羊的皮子留下来晾干后裹在身上，藏羚羊绒超暖和。一天有人来马兰山收皮子，马青山见一张皮子能卖八十块，要把裹腰的皮子卖掉，又怕腰损了，一分钱也挣不着，就没有卖。但打那以后，他就一直捣鼓着打藏羚羊赚钱。肖新建出去打羊烤肉吃，他都跟着，每次皮子都被他拿着卖了，他打枪也是那时候学会的。

我们听说过马青山抠门，只要能赚钱啥事都干，他的故事好笑，因而冯金来讲他再多，也不嫌烦。老井还问："马青山这么抠门，攒钱做啥？"

"他呀，抠的钱都被扫帚星的老婆赌掉了。"冯金来说。

吉恩不让他再谈马青山，问他对卓乃湖产崽的母藏羚羊是咋下得了手的。

冯金来说大伙对野生动物不当回事，吉恩要他讲具体些。他便从马兰山淘金大伙肚子里没油水，打藏羚羊吃讲起。

大伙多少天不见肉味，肚子里没有一点油水，顾不得肉烤不熟，有烟煳味和汽油味，抓到一块就啃，装有些盐和花椒的塑料袋在地上摊着，藏羚羊肉又酸又腥，不蘸盐和花椒难以咽下。

马青山坐在一边忽悠大伙说："你们有口福尝到这上等的野味，在西海吃野生动物一条街，这一餐就上千块啰。"冯老二两眼直愣愣的，说不出话，原来吃了一块肉噎住，马青山笑他贪吃，老二喝了口水把肉吞下，直叫："啥味？这么酸，连山羊肉都不如，差得远哩。"后来大伙才知道藏羚羊真正值钱的是皮子。

接着他讲了在卓乃湖的猎杀。吉恩要他如实讲当时每个人的真实心态。"好哪。"冯金来应声干脆。

"白天侦察到湖滩上有数百只野羊，大伙都知道这种野羊皮值钱，感到发财的机会到了，但第一次行动有点害怕。因为不像淘金很多人在一起，大家都在干，不担心有事，现在就咱们几个人，在野地里打枪，说不定会遇上打劫的。大伙在马兰山听说有的运往西海的沙金，就是在这荒野里被劫走的。等到天黑下来，咱们开车进入湖滩，没想到别人抢先占领了有利地形。咱们的车还未停稳，先到的两伙人一起打开车灯对准野羊，砰砰砰砰打了起来，像剃头似的倒下一片片猎物。咱们就打了剩下的几十只。"

吉恩问："这两伙人，老板是谁？"

冯金来只当没听到，接着说："这一次猎杀，除了肖新建用过枪，枪法熟练，其他人多少有点慌。八个人中只有堂哥老二没有开枪，大伙感到很正常，他本来打枪就手抖。按理没有打到羊，应该当好下手，把扒皮子的任务包揽过去。可是老二却站在寒风里发呆。我问他咋不去扒皮，他说下不了手。"

吉恩追问："老二为啥对藏羚羊下不了手？"

冯金来说："我也是这时才知道被我们打死的是母羊。老二说看到枪口对准大肚皮的母野羊时，不觉心颤抖着，心一颤抖，手更颤抖，枪把都要从手里滑脱。他说母野羊向他跪了下来，母野羊知道拿枪打它们的是人，它是为了肚子里的小崽求饶。老二显然在自编自说，我知道他心软，也没吭声。老二在家里精心培育过种羊，他又说，期盼小生命的诞生，哪有捕杀它们的道理？我怕影响其他人扒皮子，就不再与他议论。

"扒好皮子，已到半夜，个个冻得浑身打哆嗦。皮子装上卡车之后，大伙钻入帐篷，我拿出两瓶互助大曲来给大伙祛寒，肖新建摊开塑料袋里的花生米。马青山说：'淘金要淘软黄金，打羊会赚大钱，每个人必须横下心来，打枪不要手抖，就把一只只羊看成大把大把的钞票，等待咱们去收回来。'我知道他是说给老二听的。肖新建出去撒尿，进来说看到那两家的车开走了，装着满满两卡车皮子，晃悠悠地得意地走了。有人问一卡车皮子有多少张，马青山说估算过，大概有五六百张。三个人打到一车皮子，就能各自回家砌一座新房子啦。这时大伙问我："冯哥，真的么？"我喝多了，醉醺醺地说，如果没有意外，今年就让每个人抱座新房子回去。大伙热情高涨，都向我敬酒。

"有人问："会有啥意外？"

"老二冒出一句："被抓嘛。"

"'为啥要抓咱？'

"'不让打嘛。'

"'为啥不让打？'

"'这么贵重的羊，让你随意打么？'

"'谁不让打？'

"'不让打没有道理嘛，咱们村以前集体养的、现在个体养的羊和牛，都宰杀卖钱，养牛养羊不就是为了卖钱么？何况这种值钱的野羊，不打白不打。'

"人人一副理直气壮的样子，老二遭到大伙一片声讨。大伙还是看着我……"

冯金来似乎觉察到什么，突然打住。

吉恩问："你咋说的？"

老井很快代冯金来说："老话，可可西里淘金，不准有人挡道。"

冯金来说："当时我连喝了五六碗，已经醉了。"

老井说："喝醉酒说的也是真话。"

吉恩问："你堂哥呢？"

冯金来说："他回了老家，与邻村一个寡妇成了亲，这个寡妇苦命，男人在前年被暴风雪困住饿死，嗯不，吃救济大饼撑死。"

老井叫道："你是说马大宝？"

冯金来说："你也知道马大宝？"

吉恩截住话茬，说："你堂哥对羊妈妈下不了手，表现了他对野生动物起码的尊重和同情。他不愿再干下去，是有觉悟的表现。"

冯金来接着说："我们太穷了。来可可西里的，都是因为家里穷，总想挣点钱回去砌房子，小伙子要娶媳妇……老婆孩子、父母都眼巴巴地等待他们挣钱回去呢。"

"你领他们走错了路，可可西里不是挣钱的地方。"

冯金来看着吉恩继续说："他们宁愿死在可可西里，也不愿空手而回。前年省上领导亲临现场劝阻，要大伙往回撤，都没有一个听的。有些卡车陷入泥潭，省上派来救援车往回拖，那一个个沙娃拿着铁锹和刀子对准救援人员的脖子与司机的脑袋说：'谁敢往回开，咱就与他拼命！帮咱们拖可以，只能向里面拖……'"

吉恩沉默不语。

老井说："冯金来，你要端正自身态度！"

吉恩说："谁让你承诺他们'今年就让每个人抱座新房子回去'？'不准有人挡道'，是你的口头禅。大把钞票进了你的腰包，别再找借口，是你不想走。"吉恩语气严厉。

冯金来拉下脸，站了起来，我生怕他会出手，也站了起来。

老井说："冯金来，坐下，这里是领导与你谈话。"

"哼，领导？有这样的领导么？"冯金来气势汹汹，又抑制着，挤出点儿笑，"领导，你知道沙娃怎么说你吗？"

"你说给我听听。"吉恩朝他看着。

"大伙都说你怪，没有群众观点。咱们那里的干部，都动员和支持大伙出来挣钱，有些淘金队就是村里、乡里借钱给他们来可可西里的，没有见到像你们这样阻挡大伙致富的。还说，怕啥，反正你们没有枪。还有人说你蛮，不像政府的人，我说出来你别生气，大伙议论过，如果你们再挡道，就把你捆绑起来甩在路边，并用一张纸写上'蛮子'两字贴在胸前……"

吉恩虽沉住气，但脸色铁青。

老井说："你这小子太狂妄，不知天高地厚。"

冯金来说："这是别人说的，我是如实反映。我还说，不能这么做，这么做是要坐牢的。"

我说："别耍滑头，谁说的？"

冯金来说："我不能告诉你们。"

老井说："说不出人来，就是你借别人的口说的。"

冯金来说："明人不做暗事，说这话的是比我年长的大老板。"

我嘴快，说："是那个一脸跩相的姓韩的？"

冯金来愣了一下，说："我可没有说。"

我和老井相互看了看，老井说："到时候我们会会这个韩老板。"

吉恩沉默了一刻，问："你把保护野生动物的宣传提纲发给他们了吗？"

"发啦。但有人用它擦屁股，说这是糊弄咱们外乡人。"冯金来边说边朝吉恩看着。

"'有人'，是啥人？敢如此蔑视政府的法令！"吉恩瞪起眼。

"打藏羚羊是违法犯罪行为，咋叫'糊弄'？冯金来，你又在编造……"老井说。

"我要是编造，天打五雷轰。"冯金来赌咒，见我们一时沉默，又说起羌塘有干部打藏羚羊的事，"在羌塘，有猎手坐着汽车向藏羚羊群射击，一次就捕杀几百只，其中也有当官的坐在车上打，他们用的武器比老百姓的高级。你们咋不去管管呀？"

吉恩又沉默不语。

冯金来仍说个不停："可可西里无人区这么大，你们三个又不是穿警服的，管得了么？我明白你们也是代表县政府来淘金的，是不是你们收不到钱，才赶我们走的？"

"钱钱钱，我看你被钱迷住心窍了。"吉恩终于憋不住发起火来，他果断而严肃地说，"冯金来，我们可可西里工委不让你再进入可可西里。你必须把集资的钱退给每个人，同时还要给他们返程路费。"

"这损失为啥要我背？你们找我就谈这事？"冯金来眼睛里冒火。

老井站起来，抚着冯金来的肩膀说："还是带着大伙回去吧。"

"你们有本事让所有人都离开可可西里。"冯金来一脸不买账，甩开老井的胳膊，面对吉恩说，"哼，你们处处与我过不去，我冯金来不是软鼻子好欺负的，把大伙惹急了，会与你们拼命的。"

吉恩只顾抽烟，不再搭理他。

冯金来盯住吉恩，故作匪气式一笑，甩开胳膊走了。

吉恩仍然坐着抽烟不说话。他找冯金来谈谈，没想到会是这样的结果。

老井说："这小子想让你开绿灯，只要你亮着红灯堵他们的路，你向他们跪下都说你不好。"

我说："这小子太张狂，一定要把他逐出可可西里。"

吉恩说："不能再激化矛盾。今天他也敞开思想，讲了真话。不是他一个人这样。"

23

回到住处，吉恩和司机去加油站，说加了油再回来吃晚饭。我和老井都觉得他有点反常，平时都是早晨出发或晚上投宿前顺便到加油站加油。我俩一道跟了出去。

我和老井议论过，冯金来让吉恩很失望，他那一串串要挟的话如刀子般捅着吉恩的心窝子。吉恩有委屈、怨气、怒气憋在心里。今儿或许他心理压力太大，似乎不再那么有耐心，无语是另一种愤怒。老井和我都很少说话，说不准他遇上导火线，会像公牛一样扑上来。

车子连续在公路上跑了四五天，汽油已用掉一半，吉恩叫司机把两只油桶全部装满，看来这次要跑得更远。公家给的油票钱早已用光，都是吉恩自己垫钱，一个月工资垫在汽油上的钱要比抽烟钱多。我拿着发票去报销，科长说超标要主管县长批。吉恩说："咱们现在'不务正业'，没有给县财政挣钱，不去看别人脸色啦。"老井抱不平说："没有补贴，还要赔上工资，你让我去找。"吉恩摇着手说："别因小失大惹是非。"老井又说："曲珍要是知道，会收走你的工资卡。"吉恩说："你们可千万别让她知道。"今儿老井又说："唉，总有一天你的工资卡会被夫人收走，这车就开不动啦。"吉恩不吭声，只顾掏钱。

老井又叹息说："唉，现在内外交困，没有几个人像我们做这么吃力不讨好的事。"

这时，吉恩才抬头看老井，说："鱼和熊掌不可得兼，既然看准了要干的事，就不能顾及眼前得失。"

老井见他绷着脸，连忙说："好了好了，我服你啦，你认准要干的事，十八级风暴都挡不住。"

吉恩压抑着自己，平和地说："咱们要把目光放长远一点，真正把事干成了，个人该得到的，自然也会得到。"

我明白，他生怕老井和我不安心，不能不安抚几句。

这时，老井说："你尽管放心，我和洛桑扎西不会在你危难之际跑掉。你也别把那些淘金偷猎的对你的误解和谣言放在心上。"

我也应和着。

吉恩说了一句"谢谢"。稍隔片刻，他又说："你干的事不被人理解，就要付出代价。最可怕的是，付出代价，事情也干不成……"他不再往下说。

加完油回住处时，老井问："这次准备去哪儿？"他只说："开到哪儿算哪儿。"老井不满地说："领导咋这样说话？"他又不再吭声。老井还欲与他抬杠，我拽了拽老井，老井才作罢。

一路向西。路上没有看见打藏羚羊的，就不停地行驶。才扎西没有这么连续奔波过，加之冻土融化，在坑坑洼洼的泥水里跋涉，他有点不适应，大部分时间是吉恩驾驶，他有经验，遇上冰水河，一踩油门，就能冲过去。车速快，颠簸得厉害，有时整个人都被弹起来，屁股离开座位，头碰着车篷顶，要是碰在铁架上，就是一个大包。好在我和老井是"老运动员"了，才扎西还不习惯，不过他身体壮实顶得住。

这次跑个不停，几个人都很疲惫，我提醒吉恩不要太劳累，他总是摇手。啃饼子时，他还大把吃着胃舒平。午后，我和老井都打着瞌睡，突然感觉到车子停住，我睁开眼一看，前面是一条比较深的冰水河，车子冲不过去。吉恩让才扎西到主驾开车，自己脱掉鞋袜和棉裤，撸起裤管，下到水里推车。我急忙嚷嚷着开车门要下去推车，才扎西说不用了，这时车子已下到水里。我和老井坐在车上，感到不好意思。

太阳被乌云遮住，西风呼啦啦地刮着，水面满是冰凌激不起浪花，水底尽是些菱形的尖利的石子，水浅处冰凌和石子冻结在一起，脚踩着如履刀山剑林，两腿没入如刀子般的冰水中，刺痛裹着寒气的咬痛，谁都难以忍受。要是平时，吉恩说不准会叫我，让我也经受一下锻炼，今天他存心是与拦路虎杠上了，把心里憋着的一股子气发泄出来。他推动车子在水里摇摇晃晃地爬行，不叫喊也不呻吟。只听到风肆虐地搅动着冰凌，冰凌肆虐地撞击着他的皮肉……他一定会觉得忍受皮肉之苦，还是比不被理解、受嘲笑和侮辱好受得多。而目下他即使踩着刀子，也会奋然前行的姿态，是肉体和精神上冲刺的硬汉姿态。

车子爬上对岸，只见吉恩脸色涨红，头发丛里冒着热气，身体摇晃着走出冰水。他两腿冻僵了，脚面和腿肚被石子、冰凌划出一道道血痕，麻木得失去了知觉，也不见血色。我赶紧扶他上车，没有药棉、药水，只能简单擦拭一下，自个儿按摩一番，就穿上棉裤和鞋袜。我问要不要喝两口酒暖暖身子，他没有吭声，但朝我看时，眼里带有讥意，我明白自己这是马后炮，应该是下水前喝酒。这时老井给他一支烟，他凑火吸烟，手指还有些颤抖。

又是在太阳落山之前，来到了太阳湖。我以为吉恩是想看看有没有新来产崽的藏羚羊，只见湖边草滩上空荡荡的，我们走后，没有藏羚羊来过。他让车开到上次停的空地上，要在这里扎营过夜。老井问："留下来有啥事？"他要回到马兰山歇宿。吉恩隔了片刻才说："连续跑了几天，住下来休整一下。"老井也没啥说的。我发觉，吉恩到了这里，情绪才平复下来，只是仍然很少说话。他吃完饼子，一只胳膊夹住大衣，就坐到湖边抽烟。

老井支起炉子，要煮面片儿吃，让我去湖边拎桶水。吉恩独自沿着湖边向里面走，我把一桶水送回去，也抱起大衣跟了上去。他似乎不欢迎我，或许沉浸于某种状态之中，不想被别人打扰。他停在草滩上，我就默默站在一边。

与夏天相比，湖滩草丛稀疏、枯黄，远处河谷黄土裸露。噢，河谷里还有几头野牦牛，西下的太阳把裸露的黄土和垂首的野牦牛照得雪亮。我想起夏天在这里，也是这个时候观看到的野牦牛几乎一样，那次吉恩说，看见这里的生命被太阳照得雪亮，也觉得自己的生命豁亮，引起内心的惊喜和颤抖。这看上去是简单的亘古不变的人与自然的生存之道，内心却感到原始自然的神秘……我反复琢磨这话的意思，虽然尚未体验到他的那种惊喜和颤抖，但懂得这里显现着生命存在的根基，人类不可破坏它。

吉恩又望着河谷出神，不知现在他有何感想，只见他眼睑有点红，眉头舒展又皱起，仿佛一阵超脱后又回到现实之中。我感到迷惑不解。不知他是没有发现还是忘记了我在他身后，见到我，他惊悚了一下，然后拔腿就走。

"你去哪儿？"我问。

"去前面看看，你不用跟着。"他没有停步。

"我去沸泉……"我编个话，说出口变得紧张起来，生怕谎话被他戳穿，因为我没有带接水的工具。

"你去了沸泉就回去，不用等我。"他头也不回。

我停住，没有吭声，仍朝他还没有走出困窘方面去理解。

湖滩前面还是湖滩，之间有一块湿地。吉恩绕过湿地，上了前面的湖滩。太阳落山，裸露的黄土和垂首的野牦牛开始隐退，没入夜色之中。河谷吹来的风，瞬间失去太阳和黄土的暖意，变得像刀子般地咬人，我裹紧大衣。听吉恩讲过，野牦牛和藏羚羊会在孤寂的黑夜里发光，因为它们珍贵的皮毛储藏有充足的太阳的热能和光亮，这些大自然的精灵耐寒，不像人类浑身裹得严严实实，还感到冷。突然，我联想到吉恩看见它们时获得生命豁亮的感觉，难怪他这么投入这么痴迷。

吉恩背影已变得模糊，只觉得他面对布喀达坂雪峰直立着，抚慰内心的苦闷和孤独，或许他就这么怀着对昆仑雪峰的虔诚和敬畏，使自己变得坚定起来。

后来我定睛细看，背影却不见了。我怕他出危险，急忙绕过湿地去湖边找他。原来湖边有一块磐石，他在磐石背面静坐着。我只顾抬头往前走，没有看到他，一脚踩在他的脚面上，我脚上穿着毛皮鞋，把他踩痛了，他哎呀了一声，没等我赔不是，就站起来朝我吹胡子瞪眼："谁叫你来的？"

他那声音传得很远。我打了个冷战，退到磐石一边站着说："我担心……"他不让我说完，火气又大了起来："你说去沸泉，咋又跟来？你说话咋这么不守信用？"他比我高出一头，气势汹汹地直立在面前，那目光灼灼逼人，都不让我解释。我不理解他为什么发这么大的火，从来没有这样过，我感到很委屈，就冲着说："我也是男人，别以为你是领导，就受你随意训斥。"

我这一说，他更像狮子一样吼道："这与领导有何相干？谁是领导？我哪是领导……"

这时老井走了过来，拉住我对吉恩说："吉恩书记，面片不吃就凉了，快走吧。"

我甩开老井胳膊，与吉恩杠着。吉恩却又抓住老井的话柄，一边往回走，一边说：

"不要一开口就是'吉恩书记'，'吉恩书记'讲话顶个屁用！"

接着又把话锋转向我："难道领导才能批评你，别人就不能说你？你把官看得这么重，我提拔不了你，你要考虑好，想退出，我也不留你。"

我打断他的话责问道："你有什么根据说我把官看得这么重？走就走，你以为我会赖着你么？"我甩手跑了。

吃晚饭时，老井打起圆场："洛桑扎西和我，如果为了升官，就不跟你干了。"

"当然，我知道你们有这一思想准备。"吉恩态度缓和下来。

其实我甩手跑后已感到自己莽撞，吉恩对我发火，也因为他心内憋着一股气，或许我打扰了他，那时他正虔诚地面对布喀达坂峰，或许刚刚沉浸到神秘而愉悦的体验中，被我一脚踹跑了。轮到谁都会生气，何况他来太阳湖是疗伤的。太阳湖是他心理压力释放、获得精神愉悦的地方，太阳湖拒绝隐忍。

随着夜幕降临，一切都暗淡下来，布喀达坂雪峰越发闪耀着光亮。

我站在湖边观看，见吉恩走了过来，想与我说什么，我没有理睬，就回转身钻进帐篷。

吉恩披着大衣，点起一支烟，又在湖边坐下。隔了一会儿，老井说外面太冷，让我去叫他回来，我说："现在他背后挂着'请勿打扰'。"老井和我从帐篷口探头看，只见吉恩静静地望着布喀达坂峰。他似乎忘记吸烟，隔了好一会儿，手指习惯地把烟头弹一下，散发几粒火星，表明他还是个俗人。

第二天，老井问他："吉恩，你整个晚上冒着严寒，痴痴地望着布喀达坂峰，有啥感受？"

这时吉恩和颜悦色地说："实话告诉你们，我来是想静一静。"他不再往下讲，却对我说："洛桑扎西，昨天我对你发了一顿无名的火，你别生气哟。"他像兄长似的看着我，倒让我不好意思起来，说："嗨……也怪我好奇，不应该打扰老师。"

老井接上说："晚上我和洛桑扎西都钻进帐篷，再没人打扰你，有啥感觉，与我们分享分享。"

吉恩却说："不是所有东西都能分享的。其实每个人来到这里都有感受，我可能多投入一点，上次我讲了不少。初次感受能讲得清楚，这次我讲不清楚，只觉得神清气爽，卸掉了背负的压力，精神也不萎靡了。"

老井说："我们没有你的水平高，别卖关子，讲讲你咋变得神清气爽的。"

我知道吉恩说的是实情，但越是讲不清楚，我们就越想知道其中奥秘。他被老井逼得一个劲地抽烟，后来糊里糊涂地讲了几句：

"我真的说不清楚，仿佛与布喀达坂峰及河谷、湖水之间有一种流通的感觉。像是有一种气游荡于山水大地之间，山并非单单是岩石的集合体，而是有一种气在其中升降循环，对人体和精神具有渗透作用，仿佛骨骼、血管、血液以及呼吸以及精气神，都能得到这种气的滋养。因为记得古人所说的一句话：'得山水正气'，所以我才认为是气。开始面对布喀达坂峰，感到自己渺小，也很惭愧；这次面对布喀达坂峰，就感到有一种气渗入体内，使自己变得充实洒脱起来。"

老井笑着说："你来太阳湖究竟是'充气'还是'充电'？"

我被逗得笑出声。吉恩却仍在沉思，待我两个都正经地听他说，他又说了一句："可可西里不允许有矫情和虚假的东西，咱们只能靠骨子里的东西坚持下去。"

我和老井都弄不懂他说的"气"，老井背后对我说，他对布喀达坂峰的敬畏，对可可西里这一片净土的热爱，给了他力量。我觉得不是这么简单，他讲的东西有些模糊神秘，却很新鲜，有他新的感悟和思考。他牺牲后，我从他的笔记本中看到这样的文字：

> 生态自然不是冷漠的地方，而是充满原初的生命力、亲和力，与人类的生命达成相亲相依的默契，这即是亘古不变的人依赖于自然的生存之道。自然不仅仅是环境，而且是与我们人体的血肉、骨骼、呼吸、气息、精气神息息相通。自然环境不是独立于人体之外，而是人体的一部分，有时候它能够拯救人的身体和精神。

这段话写于从太阳湖回去的第二天。

24

途中遇见甘一平、何二高，两人坐在一辆旧大卡车上，司机在换轮胎。我们停车，吉恩问司机，这车去哪儿？司机只顾修车，没有抬头。车上何二高拉住甘一平，也避开我们。吉恩盯住问：

"你两个坐车去干啥？"

"打羊嘛。"甘一平毫不掩饰。

吉恩盯住他说："赤手空拳打啥羊？回去吧，回去自首，争取宽大处理。"

何二高愣愣地朝吉恩看。

老井走上前对何二高说："可可西里不是世外桃源，回去自首吧。"

"哼，回去个鸟！"甘一平从车底下拿出一支步枪，"这枪簇新，有这玩意儿就能打羊。"

他拿起枪瞄准天空飞来的一只鹰，我盯住他手里的枪，怕他啥事都干得出来，而吉恩却是无所谓的样子，他知道枪膛里没有子弹。我和老井悄悄说，甘一平抢了马青山的枪。

"这枪是向马青山借来的。"何二高又帮着解释。

"借啥，马青山这胆小鬼。"甘一平额头上那块疤颤动着。

吉恩问："马青山去了哪里？"

何二高说："不知道。"

甘一平却说："去了巍雪山。"

我问："巍雪山有藏羚羊？"

甘一平故作神秘地说："有，大大地有，主力部队早就开过去了。"

"谁是'主力部队'？有多少人？"老井紧盯着问。

"没有，他瞎说的。"何二高仍拉着甘一平的胳膊。

吉恩说："我奉劝你两个别去，巍雪山很远，像这样滞留在半路，会饿死冻死的。"

甘一平说："怕个 ×，老板等着咱们呢。"

"老板在啥地方等你们？"老井仍紧盯着。

"在叫啥湖的……"甘一平兴奋地叫着，记不清湖名。

"不知道，我们也不认识路。"何二高想隐瞒去向。

"老板叫啥？就是你说的'主力部队'？"老井仍追问着。

甘一平问何二高老板姓啥，何二高直摇头。这时，司机已坐进驾驶室，踩下油门。我急忙向车上丢了几份宣传提纲。

"应该把这辆车扣住。"我嘀咕着。

"没有森林公安的身份，车上又没有皮子，咋能扣车？"吉恩说。

"这是去盗猎的车辆，说不准几天后就装满血淋淋的藏羚羊皮。"

吉恩皱着眉头，说，"甘一平粗暴直率，戾气大，不傻，他说的不是空穴来风。"

我说："如果多带些干粮，就可以立马去追。"

老井看着我说："汽油呢？"

吉恩不吭声。

"名不正，言不顺，我们没有森林公安的身份，只能眼睁睁地看着一群群藏羚羊遭受杀戮。"老井发着牢骚。

吉恩掏出地图看，巍雪山一带有两个湖泊很小，也没听格桑说这里有藏羚羊栖息。格桑说河谷地段经常有藏羚羊活动和栖息，吉恩看着地图上山峦之间大片的河谷。他想进行一次"清山行动"，只是人手少，没有枪，无法实施。他收起地图，抽起烟来。

不一会儿，又遇见一辆旧吉普跟着一辆旧卡车，分明是盗猎的。吉恩让才扎西拦住这两辆车，我们三个都跳下车。对面大概是大拿事的，从小车内伸出头来，一脸疑惑。吉恩开门见山，说不准猎杀藏羚羊，要他们回去。大拿事的没有说回，也没有说不回，车子一直停在那儿。我随老井走过去，要他们掉头向回开，大拿事的却说，我们歇一会儿。他戴着褪色的旧蓝棉帽，看不出有抵触情绪。我们遇见过不少像这样的盗猎团伙，他们心不黑，打到百十张皮子就往回走。我们收缴了皮子，对他们教育一番，也就放了。遇上空车，放些狠话，记下他们的村名。可是，他们并不会空手而回，盗猎以后，有时，他们还会被我们抓住。目下，我们不能与他们耗着，吉恩苦口婆心，软中带硬敲打了一番，就走了。

"唉，他们不可能空着手回去。"老井也拿出烟抽。

"只有穿上警服，他们才会害怕，知道猎杀是犯法的。"我说。

吉恩开始心神不定。他有预感，盗猎分子活动猖獗，可可西里避免不了一场大规模的猎杀。卓乃湖惨遭猎杀的无数藏羚羊尸体在他眼前重现，岂可等闲视之？他说：

"看来不进行一次'清山行动'，阻止不了这场猎杀。"

"'清山行动？'人呢？枪呢？"老井发问。

吉恩沉默片刻，又说："立马回去。写一份组织人马开展打击冬季盗猎、进行大规模'清山'的行动报告。事不宜迟，尽快行动。"

我也感到惊奇。自吉恩确定我们打击盗猎，保护可可西里以后，他很少再与罗追书记联系。我以为这也是他认准应该干的事之后的一种脱身与自尊的姿态。

老井说："这需要县委'一把手'拍板，罗追书记下得了这个决心吗？"

我说："是呀，恐怕罗追书记不会轻易批准。"

吉恩不说话。

老井又说："'清山行动'报告，需要调配人员、枪支、车辆，事关重大，这只是我们一厢情愿。"

吉恩说："我也明白不太可能。"

老井说："知道不可能，为啥还去碰壁呢？"

吉恩说："谁叫我是县委副书记呢？"

这时我明白了吉恩这么做的理由。我朝老井看了一眼，老井又说："我不是泼冷水……"

吉恩没等老井再说，就接上茬："有人泼冷水，才能保持清醒头脑。有清醒头脑，才会有思想准备，就不会因为报告没有处理结果，而不再正视问题，放弃我们的意见和行动。"

老井和我都不再说话。

回程路上就议好行动计划，要求从县公检法抽调人员扩充可可西里工委的清山队伍，并配备武器与车辆。吉恩又让我以保护野生动物办公室的名义，向省森林公安处打一份报告，要求对盗猎分子进行惩处。我趁停车歇宿，开夜车写出两份报告稿，回到天河后立即打印出来。

25

　　吉恩去了罗追书记的房间，汇报可可西里工委冬季行动计划。我在办公室里等着。

　　多吉转过身面朝我，微笑着要与我聊的样子。我知道他要问啥，他也先打着擦边球说，要开展这么大的行动，你们早有准备了吗？我说是根据偷猎分子猖獗的形势决定的。他接着问州上知不知道。我说吉恩书记赶回来先与罗追书记商量。多吉嗯了一声，点点头，不再说这事。他端起茶杯喝了一口，突然想起的样子，问吉恩书记参加省上黄金会议的材料准备了没有，我没有听吉恩提起过这事，但还是说在准备。他盯住我看，想从我的脸上发现什么似的。据我所知，三年前组织部门考察办公室主任人选，吉恩推荐了多吉。我心内说，吉恩白有你这个同学。

　　半个小时未到，吉恩就从罗追房间里出来，走向自己的办公室，只朝我招了招手。多吉看在眼里，似已预料到结果。

　　我随吉恩进了办公室，他一直不吭声。我给他泡了一杯茶，在他的桌子旁边坐下，他才说："洛桑扎西，我们要做最坏的打算。"

　　我问："罗追书记没有同意？"

　　他说："没有说同意，也没有说不同意。"

我说:"州上王书记不发话,他不会有态度的。"

他沉默了一会儿,说:"要不去洛原一趟,让乡里派几个民兵过来?"

我说:"才卓已经知道罗追书记的态度,可能不会同意。"

吉恩笑了一下,不再吭声。他不停地抽烟,最后掐灭烟头,站起来说:"晚上我请客,找同学帮帮忙。"

我从未见他请同学吃过饭,每次同学、同事请他聚聚,他都找理由婉言推辞。既然他已做出决定,我不便阻拦。

吉恩先找多吉,准备请他通知几个同学晚上聚聚。可是多吉已不在办公室,他去了哪里,没有留条也没有对别人讲。吉恩回到办公室,翻出其他两个同学的电话。有一个是公检法系统的,吉恩打他电话,说晚上同学聚聚,只听到电话里传来对方的声音:"今儿太阳从西边出来啦……吉恩书记有啥事电话里说吧。"这时吉恩讲了可可西里工委打击冬季盗猎的行动部署,欲请他牵头在公检法系统召集几个人参与这次行动。

这个同学却笑着说:"去那么远反偷猎,神经病呀?"

吉恩没听清,问:"你说啥?"

这个同学忍住笑,说:"我是说年根岁底事情多,家里老人身体又不好,走不开呀。"

吉恩丢下电话本,沉默了好一会儿。"多吉去哪里了?"吉恩让我再去看看。我猜测多吉多半在躲避吉恩。来到办公室,我给多吉家里打电话,同事说多吉爱人刚来过电话,多吉得了重感冒,医生要他在家休息。我把这情况告诉吉恩以后,说:"上班时他和我说话,声音清亮得很,一丁点看不出有感冒的症状。"

吉恩又沉默了好一会儿，不停地抽烟。原计划明天出发，可是人员、枪支、车辆一无进展。他看看表已快十一点，立马站起来说："我去借枪。"我明白增加人员的设想已经泡汤。他去了隔壁王副县长的房间，我在他办公室里待着。没过半个小时，他回来了，只是续借了身边的77式手枪。他说："老王同意这支手枪再借我用两个月。"他脸上浮出的笑，带点儿讥意。

他站了一会儿，又出门去，没有说干啥。我走出门，只见他又进了罗追办公室，我想这次他要与罗追发生争执了。

罗追办公室的门敞着，果然有声音传了出来。

吉恩："这两年可可西里藏羚羊已从几十万减少至几万，再不打击盗猎行动，藏羚羊就要被猎杀光了。"

罗追："对盗猎分子当然要打击，我没有反对嘛。"

吉恩："可是你也没有支持呀。"

罗追："你也是书记，你该咋办就咋办嘛。"

吉恩："建议召开常委会讨论一下。"

罗追："有必要吗？你以为常委们会同意你的想法吗？"

吉恩："关键要看你'一把手'的态度。"

罗追："老吉，听我一句劝，这件事就到这里为止。"罗追说完，便拎起包，准备关门。

吉恩只得退出门外，面色阴沉而无奈。

这是天河县领导班子核心成员的办公楼，常年一片肃静，今天的一点不平静溢出之后，一些干部对吉恩有了些异样的目光。

　　吉恩在走廊里徘徊着，罗追停住，回过头说："老吉，先回家吃饭吧。"他那富态的面部仍带有亲和的笑意。

　　吉恩不再抱希望，灰心地走出办公楼。回到家里，他在院子里踅来踅去，一会儿又去了温室。

　　冬天温室里温度低，没有菜苗，曲珍把过冬的白菜、萝卜、土豆都储存在里面。吉恩在温室口就闻到白菜味夹杂着一股土窝的霉味，仿佛在衬托着他那阴沉的心境。他还是坐下来点起一支烟抽，两眼看着玻璃外面蓝蓝的天空。高原落日把最后一片阳光透过玻璃射进来，给他几丝暖意，他想着春夏之交暖融融的温室里绿意盎然的情景。只有这个时候，他拧着的眉头才会松开，心胸也变得开朗起来。他把烟头掐灭，站起身拍拍屁股上的土屑，进屋给妹夫巴桑旺杰打电话。

　　他要妹夫今天回来帮助借两支枪，巴桑旺杰已调任州人大政法委员会副主任。两人在电话中聊了半个小时，大都是巴桑旺杰在为吉恩鸣不平。吉恩说见面再聊，让他抓紧时间赶回来，他才打住，约定晚上到吉恩家里喝酒。

　　吉恩放下电话后说，下午放松一下，让我去民族中学约几个人打篮球。开始我以为听错了，这几年，从未见过他打篮球，在我的印象里，他喜欢打篮球是在民族中学做教师时候的事。今天咋突然想起要回中学打篮球？

　　下午两点，吉恩当年的两位球友带着学校篮球队在篮球场等候。

　　吉恩见到球友，高兴地说："还是我们之间的友谊纯洁。"他一边脱外衣，一边又说："跟我们一道去可可西里打击盗猎分子吧？"

球友以为开玩笑，答应说："好哇。"

吉恩说："我不是说着玩的，是诚挚邀请你俩。"

两个球友面面相觑，一个说："吉恩书记别逗了，打击盗猎分子，你应该让公安上派警察去呀。"另一个说："年根岁底，哪有再向外面跑的。"

吉恩愣了一下，连忙说："我是开玩笑的，打球，打球。"

两位球友和我们三个与学校篮球队打比赛。我和老井都不是打球的料，老井想找人顶替，吉恩却说："我们三个谁都不能中途退下，坚持到底就是胜利。"吉恩一上场，只顾带球跑，球落入两个球友手里，也都传给他，让他尽兴。开始学校篮球队谦让着，后来顶起真来，吉恩投篮被挡住，连连失球，招来观众一片唏嘘。后来，两个球友配合着夺回几分。吉恩却仍不停地奔跑着，叫喊着……他虽没有投中一个球，但从他满脸汗珠、气喘吁吁的亢奋状态中，可以看出他已超越当下处境，或者说执意顶住压力，奋勇向前。

回来的路上，吉恩脸上浮现松弛的微笑。

我说："很久没见老师这么轻松。"

吉恩说："天塌不下来，路在脚下。"

他又与老井说："我以为两个球友会参与进来，咳，人都变得很现实。"

老井说："你可不要轻易怪人家，他俩以为你当书记的一呼百应，哪会搬不动公安上的人打击盗猎分子？"

吉恩说："对对，你说得有道理。"

老井又说:"再说别人还不适应你的想法。"

吉恩说:"嗯,是,别说我神经病就行啰。"

我和老井都笑了。

他又说:"球场上我想到野牦牛,这次咱们打击冬季盗猎的行动,就叫野牦牛行动,你们看咋样?"

老井赞同。

我眼前仍是吉恩在球场上奔跑的情景,恍惚变为他开着吉普与藏羚羊并排奔跑,一会儿又变为迅猛追逐盗猎车……他驾车在荒原上奔驰的那种疾风似的洒脱姿势,无人可及。

吉恩问我咋不说话,我看了他一眼,举起拳头说:"野牦牛行动必胜!"

26

晚上,吉恩叫老井和我到他家与巴桑旺杰一道喝酒,老井有事没有过来。我知道曲珍刚在医院做了手术,回娘家歇着,我早早过来帮忙。进门一看,央拉在厨房忙活着煮羊肉,巴桑旺杰还没有往州上搬家。央拉告诉我,阿哥去学校接孩子了。平时都是次仁带着才丹回来,今天吉恩亲自去接,也许因为明天要离开家,他要做一回好爸爸。

央拉把藏羚羊小崽装在笼子里带来了,小崽已长大许多,尤其是长出了滑溜的毛发,吉恩准备带到可可西里去放生。我作为小崽最初的救助者，高兴地逗它玩着。隔了一会儿，央拉让我拿些白菜、土豆做羊肉火锅。

院子空荡荡的。我先看看井，下面凹壁空空的，这个"天然冰箱"冬天已派不上用场。再看土坡上的青杨树，不像往年冬天那么旺盛，叶片打蔫，纷纷垂下了头。我没有感到奇怪，因为这棵青杨树能成活长到今天，已属不易。冬天的温室残存着一些暖意，里面飘出一股泥土味混杂着储藏的白菜味。吉恩坐着抽烟的土墩被磨得光溜溜的。我坐了片刻，想象吉恩独自坐着时的思想活动，他是怎样进入自己追求的世界，与雪域高原温室里的绿色植物一样的新鲜世界；或许他什么也没有想，只是享受孤独和寂寞，欣赏自己的作品。

央拉等着用菜，不容多想，我便取了土豆和白菜，赶紧上来，又瞻顾了一眼落日下垂下头的青杨树，就进屋。

央拉给我沏了一碗奶茶，我先向炉子里加煤，刚坐下，只听到外面孩子叫姑姑的声音，吉恩带着才丹和顿珠回来了。他对两个孩子说，听叔叔讲故事，才丹看见门口姑姑带来的小藏羚羊，高兴地嚷嚷着，跑了过去。吉恩朝温室走，我说白菜、土豆取回来了，他还是走了过去，我见他站在温室门口抽烟，后来转身朝青杨树看了一会儿，然后走出院门去迎接巴桑旺杰。

不一会儿，两人一路谈笑着进了院子。两个人身材魁梧，差不多高，都长有两道剑眉，只是吉恩胡子拉碴，又黑又瘦，与刚去可可西里时相比，判若两人。巴桑旺杰当过兵，退伍后一直在公安部门干，性格粗犷豪爽。他一见妻子央拉就说："肚子饿了，先吃起来吧。"央拉说："别着急，你们先喝茶。"炖锅正沸腾，冒着热气。

巴桑旺杰一边喝茶，一边打电话，只听他说："一支冲锋枪、两支手枪、连晚送过来……"他捂住话筒问吉恩送到哪里，吉恩让在明天早晨九点前送到停在县政府门口的卡车上。巴桑旺杰皱了皱眉头，又重复说："连晚送到我家里。"大概对方要他给局长打电话，他说，"这件事，暂时不让局长知道为好，以后我会给他解释……什么原因，你不必问，到时我会把这一问题说清楚，你不用顾虑。你只要明白一点，借枪支是干正当的事，干大事。"巴桑旺杰搁下话筒说，"放心吧，今晚好好喝酒。"

"让你干这冒险的事，为难别人……"吉恩歉意地说。

"放心吧，这个办公室主任是我的'铁杆'。"巴桑旺杰一脸无所谓，"你应该早说。"

"我不是避嫌么。现在不得已才找你。"吉恩说。

白酒和青稞酒都摆上桌，我知道他俩要喝白酒，就把两瓶白酒打开。巴桑旺杰拿过一瓶，欲往碗里倒酒，吉恩给他杯子，又拿出半盘花生米，说："先干一杯。"吉恩对他的谢意，全在酒中。

"咱们把打击冬季盗猎定名为野牦牛行动。"吉恩夹着花生米吃，眉头展开。

"嚯，野牦牛行动，这名字生猛。"巴桑旺杰又问，"你们准备连人带装皮子的车辆一道抓，押送到哪里？"

"我们要先去巍雪山，那里可能有一场大规模的猎杀，野牦牛行动是要以最快的速度与最大的力度，阻击猎杀，尽量保住藏羚羊的生命。"

"你这想法很好，但一个盗猎团伙都比你们人多呀。"

吉恩不吭声。

"我不应该泼你冷水。"

"不管咋样，也要把盗猎分子抓住，决不能让他们逍遥法外。否则，可可西里盗猎会愈演愈烈。"吉恩又皱眉头，"不行，把这些人先押回来。"

"你是怕省森林公安处不接收？"

"外国对保护野生动物有专门的法律条文。工委也打了报告要求追究盗猎分子的法律责任，不能教育两个小时，就把他们放掉了。放虎归山，不会刹住盗猎之风。"

"留着他们，还要管吃管住，谁愿惹这个麻烦。"

"我们在报告中，根据农林部颁发的野生动物保护实施条例，提出对盗猎分子要实施处罚，情节严重的要判刑。"

"首先要有组织行使执法权力，国家已有野生动物保护法，成立可可西里森林公安派出所不应该不批。"

"咳，没有'应该''不应该'……"吉恩捧起杯与巴桑旺杰喝酒。

央拉说："阿哥，你胃不好，不能空腹喝酒。"她端上来热气腾腾的羊肉火锅。

这时孩子们都围上桌来，央拉给他们碗筷，给每人夹一块肉。巴桑旺杰只顾夹着大块羊肉吃。"阿哥、洛桑扎西，你们不吃，羊肉都给别人吃了。"央拉笑着，一边给吉恩夹肉，一边说，"现在是天气最冷的时候，会遇上暴风雪，把皮衣都带着，嫂子不在家，我马上帮你收拾一下。"她又叮嘱阿哥，不要忘了去医务室开些治胃痛的药带着。吉恩说家里有止痛片、酵母片。

巴桑旺杰与吉恩喝酒，说："拿枪对付盗猎分子，是我的长项，你干这个是大材小用。"

"有人说县委书记咋干这样的事，还有人在背后说我'神经病'，他们认为我应该从可可西里抱个金娃娃回来。"吉恩神色黯淡。

"那样的话，你不仅是县上，而且是州上的风云人物啦。"巴桑旺杰没等吉恩说完，就接上。

吉恩喝了一口酒，沉默片刻，讲起可可西里的特殊地理位置，接着就议论我们国家与世界发达国家的环保差距："人家都在提倡绿色环保意识、珍爱自然、尊重生命、人与自然的和谐等等。"

巴桑旺杰似听不明白，突然提出："我们藏族人就珍爱自然、尊重生命呀。"

我也说："我们藏族人把草木与藏羚羊等野生动物视为神灵，包括地下金矿，都不会动的。"

"嗯，藏族传统文化观念与环保意识有相通的地方，但藏族人的宗教意识代替不了现代环保意识，这二者关系需要专门研究。"吉恩接着说，"可可西里的湖泊冰川是江河的资源，也叫三江源，你知道么？"

巴桑旺杰说："哦，我知道可可西里是长江源头。"

我第一次听说三江源，便问："老师，为啥叫'三江源'？"

吉恩说："可可西里冻土面积占总面积的90%以上，冰川和冻土成为巨大的固体水库。流入通天河的楚玛尔河就是长江的北源，流入曲麻莱县的卡日曲是黄河源头，流入杂多县吉富山谷的是澜沧江的源头，合起来称三江源。科考队资料显示，二十世纪七十年代以来，冰川缩小，虽说受到全球气候变暖的影响，但也与这里自然环境的变化有关。可可西里海拔高，气候寒冷，湿度小，高寒草原生长期短，一旦植被受到破坏，就会发生连锁反应。植被受到破坏，地表失去保护，土温增加，加速冻土融化，极易引起土壤沙化。高寒地区自然环境十分脆弱。自1984年以来，每年有两三万人涌入可可西里淘金，使可可西里自然环境遭受破坏，留下隐患。最近几年猎杀之风又蔓延开来，藏羚羊成了惊弓之鸟。一天不把淘金的、盗猎的赶出去，可可西里就没有宁静之日。"

看来吉恩从科考队专家那里得到很大启示，难怪他那么沉迷于太阳湖。也是从这个时候，我对三江源产生了兴趣。

巴桑旺杰感到吉恩的思想与两年前变化很大，说："如果当初你有这种看法，就不会让你去可可西里。"

"我也是去了可可西里以后，才知道这些。唉，命运把我推到了针毡上。"

"你遵照上面意图办，就不会有这种感觉，说不准还会提拔呢。"

"为了一个县的经济指标上去，对破坏江河源头的自然生态视而不见，我即使被提拔了，也成了历史的罪人。"吉恩有些激动，独自端起杯来一饮而尽。

"唉，别说天河县，就是整个州的干部，有几个能像你看到这些？恐怕一个也没有，谁把自然环境和野生动物当回事？长期以来我们都是受改天换地的思想支配着，自然环境是为人所用的，领导们只想到如何开发，开发可以创造业绩，哪会考虑去保护？"

"有时我真想撤回来，让县委安排其他人干。"吉恩声调沉重，酒冲着上了脸。

央拉给他倒了杯茶，说："阿哥，别尽谈工作，忘了吃羊肉，今天火锅底味道好，羊肉也好。"

吉恩朝阿妹点点头，夹起一块羊肉。

巴桑旺杰看了他一眼，笑着说："嗨，撤？这不是吉恩的性格。"

央拉安排孩子睡觉去。才丹在睡眼蒙眬中说："阿爸，明天带着我，我要和小藏羚羊一道去可可西里。"

"才丹还小，在家好好上学读书，长大以后再去保护可可西里。"吉恩抱起儿子，送到床上。

央拉跟着，看着卧室屋顶仍露着木梁，说："阿哥，你抽个时间把屋顶弄好，嫂子一睡觉就见到，多闹心呀。"

吉恩说："嗯，春天安排时间把吊顶做完。"

回到桌上，吉恩又与巴桑旺杰讲起自然保护区："由于以前可可西里很少受到人为的干扰，因而大部分地区仍保持着原始的自然状态。所谓自然保护区，我想应该是从冻土、湖泊、山冈到地面上长的、跑的全方位的保护，也就是维护和保持原始的自然状态。只有这样，才能保护冰川、保护江河源头。建立保护区就是要守住这片净土，不能有猎杀，不能有开发，不能有污染。"

巴桑旺杰听到建立保护区，两眼发亮，又有些迷惘，说：

"可可西里能建立保护区？"

吉恩说："这么特殊重要的地理位置，又拥有高寒地带很多珍贵的野生动植物，具备建立自然保护区的条件。"

"这个自然保护区可大啦。"巴桑旺杰目光带有孩子似的惊奇。

"全国乃至全世界最大的自然保护区，真正建成的话，这贡献可大啦。"吉恩看着巴桑旺杰，带有几分神秘和自得。

我第一次看到吉恩露出自得的表情，"如果可可西里自然保护区真正建成，你就是第一功臣。"我不便造次说这话，期待巴桑旺杰说，可是他仍处于惊奇和迷惘之中。

央拉又从厨房盛来一碗羊肉倒入火锅。她把羊腿夹给阿哥，吉恩抓住羊腿啃了起来。

"我的呢？"巴桑旺杰叫着。

"你不去可可西里，就啃羊屁股。"央拉给丈夫夹了一块羊屁股。

外面很冷，屋内火锅炭火正旺，铁锅里腾腾地冒着热气。

吉恩吃得带劲，脑门上沁出点儿细汗珠。央拉喜欢看阿哥吃羊肉吃得带劲的样子，看他那明亮闪光的眼睛，她是看着阿哥这双明亮闪光的眼睛长大的。

她和丈夫一道敬酒，说："阿哥、洛桑扎西，祝你们这次行动顺利，平安回来！"巴桑旺杰纠正说："叫野牦牛行动。"

吉恩和我都笑了。

27

早晨,一辆东风大卡停在县政府门口。吉恩去看老阿爸。我去了巴桑旺杰家里,只借来一支冲锋枪,一支54式手枪。我带着小藏羚羊,坐在驾驶室内摆弄枪支。冲锋枪大半新、54式手枪老掉牙,已有锈斑,但总算每人有了一支枪。

九点,车子发动正要开走,多吉送来文件,是省上对可可西里森林公安派出所的批复。吉恩看了县长批示,依然皱着眉头。他以为既然成立了可可西里森林公安派出所,县里就应该组织一定规模的"清山"队伍,可是批示说,"其编制人员为可可西里工委成员,由吉恩同志统一领导"。他明白这批示是县长与书记商量后做出的。多吉知道吉恩对批示不满意,说:"要不,你与利国书记沟通一下?"吉恩看了多吉一眼,说:

"你听到可可西里偷猎的枪声了吗?"

老井提出领了装备后再走,吉恩也想每人穿上警服,有一把簇新的枪支,但领到手至少需要一天时间。他拿起54式手枪试试,能用。他沉默了片刻,还是叫出发,延迟一天就等于要伤害上千只藏羚羊。他准备顺车去省森林公安处领取证件,有了警官证,就名正言顺地打击盗猎分子。

路上,吉恩坐在前面不吭声。老井给他一支烟,他却把烟捏在手里,没有点着。老井以为组织"清山"队伍的计划没有实现，他心内不痛快，就没有再说啥。

其实，吉恩已有思想准备。他那目光随着熟悉的街道和房屋移动，脑子里仍是刚才与老阿爸离别时的情景。他是一个孝子，最近一段时间忙得无暇顾及老阿爸。这次回来，他说一定要去看看阿爸，因为这两天一直忙于组织"清山"队伍的事情，直到临出发前才抽身去阿爸那儿。

阿爸独自住在尼洽河边的老房子里，吉恩快步走到这里，见阿爸站在门口，呆呆地看着尼洽河。吉恩叫："阿爸，早饭吃了吗？"阿爸没有吭声，慢慢转过脸来，仿佛不认识他。

吉恩不禁心里颤动了一下，他发现阿爸老了，目光迟钝。

他又问："阿爸，早饭吃了吗？"

阿爸站住朝儿子看。

吉恩坐下，说："阿爸，已快九点，你咋还不吃早饭？"

阿爸支吾着。

吉恩说："阿爸，我马上就出发去可可西里。"

阿爸看着儿子，没有说话。往常，阿爸会说："已快九点，去吧，他们等着你哩。"

吉恩站起来，说："前一阶段比较忙，没能来看您。等我回来，元旦带你去我家里吃饭。"

阿爸仍没有答话，目光有些呆滞。吉恩感到阿爸神情不正常，准备回来带他去医院看医生。他又叮嘱说："阿爸，以后离尼洽河边远点儿，早晨起来去街上走走，和老人们一道晨练。"

阿爸仍是朝他看着。

吉恩转身走了。他对阿爸的变化感到不安，认为这两年关心阿爸少了，总以为他续妻后有四个儿女，不用自己多操心。阿爸动作迟缓，目光呆滞，尤其是迟迟不吃早饭，呆呆地看着尼洽河，这种情景仍浮现在他眼前。吉恩越想越感到不安，已经走了两三里远，又折了回去。他已想好，这次回去就是要对阿爸说想好的决定。

"阿爸，等我元旦回来，准备把您接到我家去住。"吉恩加了前缀词"准备"，是因为还没有与妻子商量。

阿爸大概因为感动，皴裂的嘴唇嚅动着，想说什么，眼角刀刻般的鱼尾纹中埋有担忧。

差 5 分钟就九点，吉恩不能再耽搁，说完就走了。

尼洽河水向下流，吉恩沿着河边向上跑，仿佛是他那逆行的步伐岩石般地激起汹涌的浪花，而尼洽河尽量在压抑自己，放慢流速，河滩上那些茁壮的青草都探头向吉恩看过来。

吉恩点起烟。

老井问起曲珍的病情，吉恩说没事，其实这次他只是去看了她一会儿，两人都没好好说话。不是他不想说，而是曲珍一声不吭。老井说，她动了手术，你不在家陪她，女人自然不开心。吉恩说不是这个原因，但他也觉得有负于她。离开时，她那脉脉幽幽的眼神，像长了钩子似的揪着他的心，两人虽然没有说话，但她还是希望他多坐一会儿。现在他越发感到，自己不能陪她，她希望他多坐一会儿，要求并不高，可是自己却匆匆走了。

他想到昨晚央拉说的话："阿哥，你抽个时间把屋顶弄好，嫂子一睡觉就看到，多闹心呀。"他不好对阿妹说，每次回来嫂子少不了唠叨，他的耳朵都听出茧来了。不过上一次在家，他把话挑明，她通情达理，说的话也走心。

晚上上床后，曲珍望着屋顶说："再过两个月就要过年啦。"因为他一直说要安排时间把卧室吊顶完成，可是快一年过去了，也没有动工。他承诺妻子做好吊顶过年，可是最近哪有心情和时间顾及？妻子没有吱声，他明白她已心灰意冷，主动说："真对不起，曲珍！我食言了。"

曲珍内心暖了一下，仍不说话。

他继续说："你看屋顶乱糟糟的，拖了这么长时间都没弄，让你跟着我受苦受累。看来年前我是顾及不上，你放心，年后我一定抽时间把吊顶做完。"

曲珍看着他，见他一脸真诚，和她说话的时候，打着结的眉头吃力地抖动着，她知道他眼下的处境和压力，他能这般想着她，顾及她，已不容易。她瞥了他一眼说："房间里又不是我一个人，你能住，我也能住。"

这下气氛缓和多了，他伸手揽住她，然后头颈不由自主地倒在她胳膊上。她知道他身心疲惫，把他搂在怀里。

"我知道你不会听我劝，你这样干下去，让我担心，我真怕哪一天失去你。"

"扎西德勒，曲珍，我不会有事的。"

曲珍抱住他的脸说："别老皱着眉头，回来开心些。"

她用手指抹开他那眉结，他脸上终于有了些笑容。

他回想起来，觉得妻子是爱他的。

他在西海特地拍了一封电报，告诉妻子1月8日回去，这

时他才觉得打破了两人见面没有好好说话的僵局，她那脉脉幽
幽的眼神不再勾心。然而，在他意念里，这个"1月8日"却闪
忽不定。

28

吉恩与才扎西轮流开着车，马不停蹄地赶路。本来说到西
海去黑三角一趟，发现有盗猎分子交易就抓，因为现在我们已
是带枪的森林警察。可是西海一宿，吉恩改变了主意，第二天
一早就赶路。只见他脸上又多了些焦虑，一声不吭，只顾开车，
我也不便究问。

车子驶过昆仑山口，直开拉琼家，带上向导格桑，上次回
程时已与拉琼爷爷打了招呼。

格桑已收拾好行李在家等着，他一副精干的模样。吉恩急
着赶路，只顾说，把行李搬上车，到车上再聊。

拉琼爷爷卧病在床，见吉恩来了，坐了起来。吉恩说："情
况紧急，我们就不停留了。"他让老人家躺着，拉琼爷爷说啥也
要下床送一送。吉恩说："您老可不能闪忽了身子，等我们回来
再过来看你。"拉琼牵着枣红马立着，她刚从河滩放牧赶回来。
我把小藏羚羊交给拉琼，拉琼抱住它，十分亲昵的样子。我拨
弄森林公安警官证，拉琼好奇又羡慕地看着。

格桑随我们上了吉普。拉琼爷爷佝偻着身子站在路边，拉

琼阿妈拿来羊皮袄给他披上。拉琼抱着小藏羚羊,看着我们,眼里仍带有好奇和羡慕。吉恩说:"拉琼,看见有藏羚羊群,就把这小崽放了。"拉琼点头。爷爷问拉琼我们一共几个人,拉琼说连司机四人。拉琼爷爷颤颤巍巍地说:"唉,三四个人咋抓盗猎团伙?"吉恩说:"还有格桑哩。波拉放心,我们一个顶仨,以少胜多。"拉琼爷爷仍颤颤巍巍地叹息:"唉……"吉恩合掌向老人和拉琼母女告辞:"扎西德勒!"拉琼骑上马,跟随我们的车子跑了好一会儿,后来站住,默默看着,直到车子消失在荒原上。

才扎西开车。吉恩与格桑聊了几句,便问起适宜藏羚羊冬天栖息的滩地。格桑说了几个湖泊,听来并不陌生。吉恩又问从太阳湖向西有哪些湖泊,格桑说,西北地带高海拔湖泊少。吉恩让他仔细想想。格桑说,在太阳湖向西南方向,有一片长长草滩的湖泊,叫不出名字,形似月牙。吉恩说,就称它月牙湖。他听说过,藏羚羊来卓乃湖、太阳湖产崽要经过的一片湖,大概就是这月牙湖。他打算绕道去月牙湖看看。我想说要抓紧时间赶往巍雪山,但知道吉恩这么打算有他的原因。

"三个月前,在太阳湖被我们赶走的那群藏羚羊,不知到了啥地方?"我随意提起。

"你还惦念着它们?"吉恩转头朝我看了一眼,"这群藏羚羊恐怕没有走远。"

我见他脸上依然焦虑,说:"你是说它们在月牙湖?"

吉恩却说:"如果还活着,就是万幸啦。"

我不懂他为啥这么说。

老井也感到不解，说："你咋知道这群藏羚羊的踪迹与生死？"

吉恩开始不吭声，被老井一再追问，他才告诉我们在西海夜里做了一个奇怪的梦。开始，他恍惚骑马走在草原上，天气不是很好，太阳被一片乌云遮住。前面比较远的地方，像是有一片森林。他奇怪，草原上咋会有森林呢？他便策马奔过去看看，渐渐看到那凸起的一片，无始无终的黑色，不是林木，却是阴森森的一片。他很想跑近看个究竟，却始终不能靠近，又不想往回走。恍惚之中他已不再骑马，也不知是不是还在先前的地方，仿佛陷入没有尽头的黑暗之中，看见无数藏羚羊的骷髅，且听到一片凄楚的哀号，那一对对纯真的黑眼睛只剩下空洞，那些小崽的骷髅轮廓嫩小而垢面。突然，他在哀号的声音中听到呼叫，看见有个长有犄角的大汉立在他面前，枝草裹身，两眼带有电光石火。他不由自主地后退，但见对方在呼叫着，欲与他说话，才站住。

"我们遭受杀戮，落入黑洞，犄角已失去灵性，无法祈求上苍，请忧患之子帮我们传达……"

"你是太阳湖那只领头羊？"他很吃惊。

"我的肉体被枪杀，魂灵也与人类一样，只是人类过于残忍，我的皮被扒走，犄角失去灵性。"

"这仅是盗猎分子所为。"

"我们感到眼前的世界都是黑暗的。"

"唉……黑暗前面应该是光明。"

"我们只能感受到眼前的黑暗。"

"跑呀……"

他要带着它们向前跑，可是身后空空，长有犄角的大汉也不见了。他欲向上苍传去长有犄角的大汉的祈求，又不知道如何与上苍联系，也可能感到无颜面对上苍。他只顾向前跑着，欲奋力穿过黑暗，但黑暗前面还是黑暗，跑着跑着，他累得挪不动腿，在无奈中醒来。

吉恩只讲到长有犄角的大汉的祈求，而让他越不过的黑暗，像阴影一样罩在心头，他明白驱散心头阴影的唯一办法，仍是奋力前行。他念念不忘地说："在太阳湖被我们好不容易才劝导离开的藏羚羊，也都死在他们的枪口下了。"

老井说："你还真信呢？"

我说："那个长有犄角的大汉，没有说是太阳湖藏羚羊群的领头羊呀。"

老井说："是嘛。再说梦大都是反的。也是你心理压力大的反应。"

吉恩说："所以要去现场看看。"

我知道，吉恩很看重被自己劝导安全离开太阳湖的这群藏羚羊，他成功接通人性与生灵之间的亲近和感应，如果它们真的被猎杀，对他打击太大。老井调侃他像个孩子，其实正是因为他还有孩子般的纯真，才有对藏羚羊的亲近和怜爱。

晌午，车子来到可可西里湖附近。高原的阳光下看得很远，发现湖滩上一片狼藉，车子开近一看，上百只被扒了皮的藏羚羊横七竖八地躺着，还流着鲜血。吉恩说，这伙盗猎分子还没走远，追！吉普车开得快，他让老井留在卡车上，带着司机按原路线向前开。可可西里湖位于太阳湖和马兰山南侧。我说，太阳湖的藏羚羊群不会向南跑。吉恩没有吭声，只管顺着新留下的汽车轮辙追击，盗猎团伙的大卡车辙印比较明显。太阳落山时分，来到去月牙湖的岔道，其实可可西里荒原上没有道，只能遵循方向驾驶。所谓岔道，就是两个方向的车辙。去月牙湖本来没有车辆过去，眼前是刚留下的辙印，吉恩认定是我们追击的盗猎车的辙印，格桑认定这是去月牙湖的方向。吉恩变得更加紧张，让才扎西开快一些。

天色暗下来，前面地势凹凸不平，辙印模糊不清。突然车子蹦了一下，前轮打滑，陷入沙坑。吉普车体轻，三个男人同时使劲，把车子推出沙坑。吉恩说冬天在冻土上开快些这坑坑洼洼就跳过去了。他换下才扎西，让格桑带路，直驱月牙湖。他打开车灯，踩下油门，车子腾一下飞跑起来。已看不清路面是否有辙印，吉恩摸不准盗猎车是否奔向这个方向，但他执意要去月牙湖。车子颠簸是常态，只要不翻车不掉进沙坑就好。因车速过快，穿越凹凸之地时，车屁股抬起，轮子悬空，差点儿翻车，吉恩临危不惧，上演一场有惊无险的好戏。

又跑了两个小时，已有一百多公里，隐隐听到前面有车子的机器声，没等我说，格桑说，月牙湖快到了。我正注意看，吉恩却把远光灯关了，且车速变慢，他仍保持警惕。不一会儿，突然听到枪响，我眼睛尖，看见晦暗里路边停着一辆大卡车。吉恩叫我拿起枪，没有他命令，只能朝天空开枪。他说着，吉普已接近卡车，我看见卡车车厢里堆有一些藏羚羊皮，确认是盗猎车。我们截住这辆盗猎车，卡车上只有司机，其他人都去了前面，司机说车停下还没一刻钟，他吞吞吐吐，不愿说打藏羚羊。吉恩没有停留，让格桑看住这辆盗猎车。他拿出手枪，坐在副驾座，指挥才扎西开车。

月牙湖一片闪亮的冰面呈现在眼前。湖对面有一团模糊的黑影，吉恩说是藏羚羊，而湖这边不远处发现凸字形的黑乎乎的东西，七不离八是偷猎的吉普车，他急着叫车向前开。他话音刚落，前面旧吉普车灯亮起，两束灯光射向湖对岸，五六个盗猎分子正举着枪准备射击，有一支枪从车窗里伸出来。就在盗猎分子开枪前的一瞬间，吉恩握住手枪，嗖地跳下车，对空鸣枪，大声吼道：

"我们是森林警察！"

吉恩理直气壮地亮出迟到的名片，这声音如铮铮利剑威慑着盗猎分子。

有两杆枪还举着，吉恩随即对准枪尖砰的一下，枪落人倒，这倒下的是马青山，吓出一裤子尿。另一个也放下枪，是肖新建。冯金来呢？从车窗里伸出枪的，便是冯金来。他知道又遇上吉恩，脚踩油门，转头逃跑。我端着冲锋枪拦截，不料冯金来把车头向左一歪，然后猛踩油门从右边冲了过去。

吉恩凶巴巴地高喊："冯金来，你给我停住！"他让我和才扎西把盗猎分子押回大车，自己开着吉普追了上去。

这时，下弦月升上天空。月牙湖是长带形状，望不见尽头。湖面宽有两三百米，刚才在冰面的反射光里才见到对岸藏羚羊群的黑影，现在看得清楚，这群藏羚羊栖息在草滩上，被惊扰移动了位置，正迟疑地站着，我感觉它们像是太阳湖的那群。

我生怕肖新建等盗猎分子再向它们开枪，赶紧端住冲锋枪，说："你们几个统统把枪放下！"

肖新建一手握住枪，说："科长，不认识啦？"

"少废话，叫警官。"我夺过他手里的枪，"举起手来！"

"我们又不是敌人，为啥叫我们举手。"马青山涎着脸说。

"我们森林警察对付盗猎分子，就应该这么做。"我理直气壮，让才扎西从兜里掏出警官证给他们看。

马青山、肖新建知道我们的森林警察身份，变老实了。我押着六名盗猎分子，才扎西抱住被没收的枪支，来到卡车这里，老井和我让他们举手蹲在地上。

吉恩把冯金来抓了回来，听说追下去有两里路，才截住他。车子停后，我和才扎西把收缴的枪支和几盒子弹，按吉恩的要求，摆进我们的吉普车内，并把每支枪的枪栓与子弹盒都拆开，分放在前后坐垫下面。

真所谓冤家路窄。我见到冯金来就压不住心内火气，吆喝着要他与马青山一道举手蹲下。卡车上有两百多张藏羚羊皮，吉恩认定是他们在可可西里湖猎杀的，冯金来点头又摇头，老井说，别想抵赖，我们一直跟踪你。吉恩要冯金来与马青山、肖新建等八人，面对大卡车上遭他们猎杀的两百多个生灵跪下，低头认罪。

冯金来迟迟不跪，我走上去猛踹一脚他的腿弯，然后按下他的头，说："你杀害了这么多生命，还不想认罪？"

接下来，我命令他：

"把皮衣脱掉！"

"你想做啥？"冯金来咳咳哄哄的。

马青山戴着狐皮帽，悄悄对我说冯金来得了高原病。我没信，认为马青山想放了他们。不知两个人啥时又混到一起，冯金来给了马青山"副拿事"的官衔。

"检查，要我帮你脱吗？"我眼前晃动着往日他那副张狂的面孔，伸手去撕他衣扣。他抓住我的手。

"你敢对抗执法……"

"执法就随便搜身？"冯金来不服，咳嗽得厉害。

马青山见冯金来不低头，为他捏一把汗。冯金来看不惯马青山这副熊样，不理睬他，但一直咳嗽个不停。

这时，吉恩走了过来，叫我让冯金来穿上皮衣，并解释说："交出随身携带的危险品，是为了大家安全，不是针对你一个。"

冯金来不再吭声，也不朝吉恩看。

从冯金来开始，挨个解开衣扣检查，搜出了刀子、子弹、打火机等。我从冯金来内衣兜里搜出皮夹，里面夹了一张女人照片，是在西海坐在他车上的那个女人。

老井拿出手铐，冯金来看见手铐，脸色唰地变了。马青山看到手铐，两腿发抖，目光流离。

老井让冯金来伸出双手，冯金来双手却不服地垂握着，说："你们不是公安上的，无权抓人。"

老井掏出森林公安警官证给他看，并说："违抗者罪加一等。"

冯金来见警官证是全国统一监制的钢戳，双臂和双腿都软了。

马青山目光落在冯金来的手铐上，脸上表示同情，心内有几分得意。

吉恩让盗猎分子都坐上大卡车，老井、我和格桑看着。他又去了湖边，我说，湖对岸栖息的是从太阳湖来的那群藏羚羊。吉恩已钻进小车开了过去，我远远地看见他站在湖边，少说也有一刻钟。

吉恩回到车上，便追大车，向巍雪山进发。难得他脸上露出轻松和一些满足，他估算在月牙湖草滩上栖息的藏羚羊有一百多只，那些小公崽已长出犄角，很活跃。他还看到了那只长有弯弯长长的犄角的领头羊，这只公藏羚羊像是也看见了他，抬起犄角向他望过来。我说，这只领头羊已托梦给你，对你这位"忧患之子"又一次拯救了它们，表示谢意。吉恩说，幸而我们及时赶到，否则冯金来不会在湖这边开枪，他们会绕湖过去靠近猎杀，隔着湖面很难打着。格桑说，湖边很难走，他们绕过去也已快天亮。吉恩感到累了，看着车窗外面，不一会儿迷糊着了。

远处连绵的昆仑雪峰那一片银光仿佛闪亮于天际。荒原月色朦胧，影影绰绰中那起伏的山丘，黑石砾间的积雪，赤红色沙地，目不能及的远处风蚀的石柱石林，冰河、草甸、湖面……在他眼里和想象中显得特别安静，也特别神秘。可是，可可西里荒原的夜晚并不安宁，远处又传来零星枪声，吉恩神经紧张起来，仿佛看到众生灵一片惊悚。

29

这一日风雪交加，车子在河谷中跑不快。我们截住一个盗猎团伙，这个盗猎团伙就一辆卡车五个人，卡车上有一百多张皮子，正准备去鲸鱼湖。从他们口里获得一个重要信息，鲸鱼湖是藏羚羊栖息越冬的地方。吉恩展开地图看，鲸鱼湖在青海与西藏、新疆三省区交界的地方。巍雪山过去一百多公里。鲸鱼湖依着雪山冰峰一定很美。湖面有四十多公里长，有大片草滩。老井和我都迟疑，认为鲸鱼湖只是与可可西里搭边。吉恩却说，鲸鱼湖正是藏羚羊退居认为安全的地方，并预料甘一平很可能去了那里。我说，如果甘一平去了鲸鱼湖，那里藏羚羊已遭受猎杀。吉恩默认，急着想连夜赶往鲸鱼湖。可是，押着两个盗猎团伙的人员和车辆，走不快。也因为我们只有四人，不便分头行动。

来到泉水河河谷。泉水河河谷里落下的一层薄雪已把干涸冻结的河床遮盖住，只见吉普车刚刚留下的两道辙印。有一段河床凸起的河谷满是被车轮轧出的深深浅浅的辙印。盗猎车辆的辙印像幽灵似的，搅得这条沉寂了千万年的河谷不得安宁。

天色已晚，司机和大伙都很疲劳，吉恩让停车吃饭。这里离鲸鱼湖还有近两百公里。

这里是可可西里的西北边缘，是与新疆接壤的荒漠之地，矮坡河谷，可见星星点点的垫状驼绒藜。已是 12 月 24 日，我和老井都有回去过元旦的念头，但谁也说不出口。我两个明白往回返，最快也得去了鲸鱼湖之后。吉恩说："我担心鲸鱼湖有不少藏羚羊，不要留下迟到一步的遗憾。"老井说："你已够赶的，不必责备自己。再说，你这'忧患之子'已经二次拯救了那群来太阳湖产崽的藏羚羊。"吉恩说："如果太阳湖那一群藏羚羊都保不住，我真该自杀了。"

雪已停，天色亮了点儿，阴死鬼冷。我背着冲锋枪巡逻。十三个盗猎分子集中坐在可可西里工委的大卡车上，一个个都蜷缩在棉大衣里。每到一地，吉恩都要观察周围地形和有关情况。他仍穿着一件旧皮夹克，没戴帽子，他已经两个月没有理发，也有两个星期没有刮胡子了，老井笑称他"吉恩斯基"。他不戴帽子，留着厚发，倒也能御寒。

老井不知从哪里弄来的冰块，正在燃气炉子上融化。吉恩等不得开水，从衣兜里掏出一把什物，药片里搅混有几颗子弹。他拣出半把止痛片干吞下。我发现他这一举动是最近几天才有的，因为正常的生活节奏全被打乱，过度的劳累、疲惫与随时准备出击的紧张，让他选择了简陋粗糙的生活方式，犹如从小把放羊鞭与饼子抓在一只手里。如今他歇下来像个病歪歪的长者，成了药罐子，按医嘱每次四粒已不起作用。

他问晚上吃啥，老井说只剩下几块饼子，格桑刚从车上取来面粉，晚上准备下面疙瘩。吉恩清楚，这几天大伙都忙着追踪盗猎分子，顾不上做面疙瘩，再说这里海拔高，面疙瘩只能煮六分熟。他说："饼子留给司机吃吧。"

天黑了下来，突然隐隐听到马达声，吉恩又警惕地站起来。我看见两束灯光，车子从右侧坡上一条路开来，那是通往鲸鱼湖的路。吉恩脸色变了，说："看来鲸鱼湖的藏羚羊已遭受猎杀，如果这辆皮子车确实来自鲸鱼湖，绝不能让这伙杀手逃脱。"老井和格桑隐蔽在从坡上下来的路口，我随吉恩观察。

盗猎车快要拐弯进入河谷，车速渐渐慢下来。我们已看清楚，一辆车篷高高耸起的大卡车，两辆吉普一前一后。因为大卡车上皮子堆得太高，摇摇摆摆开不快。前面吉普大概是打前哨的，跑快了起来，后面吉普缓缓跟着。

吉恩对我说："这辆车上不少于一千张皮子，如果想逃要冲，就对准车轮胎打，你的冲锋枪要发挥作用。"他让我盯住大卡车，老井和格桑向后退了二三十米。

小车开了上来，大卡车也紧跟过来，后面吉普尾随着。等大卡车下了坡，吉恩朝天空鸣枪，高喊："停车，我们是森林警察。"

刚下坡的吉普见有人拦截，猛踩油门直往前冲，大卡车仍紧跟着，老井把枪口抬了一下，叫停车，这把生了锈的54式手枪没有打响。吉恩对着地面开了两枪，叫停车。格桑也挥手厉声喊停车。吉普故意歪向一边，大卡车径直向前。吉普歪向一边，有意牵制住我们，企图让大卡车冲过去。吉恩又高喊："我们是森林警察，命令你们停车！"大小车上的人像没有听到似的，吉恩果断地说："打！"我端着冲锋枪朝着车轮胎射击，因为我是第一次动真格的，射击时枪身晃动，一梭子子弹打出去砰砰砰直飞，好在卡车轮胎被打破，车身歪倒，其间晃了两下，差点儿翻车。卡车油箱也被打破，汽油哗哗地流了一地。驾驶室车窗玻璃也被击碎落了一地，司机大腿被崩进去的子弹打伤，他瘫在驾驶室内哎哟哎哟地叫痛。

前面吉普车上除了司机，就是甘一平、何二高，还有一个叫韩三果。老井故意与甘一平唠嗑，拖住他。格桑制服司机，当甘一平伸手拿枪时，枪已被格桑收走。老井用打不响的 54 式手枪对准甘一平说，反抗死路一条。甘一平随身带着一支火枪，从他身上还搜出一把匕首。

甘一平所说的老板，就是这个盗猎团伙的头子韩中铭。韩中铭坐在后一辆吉普上压阵，他刚把手枪伸出窗外，就被吉恩一脚踢飞，随即被拖下车。这时我已赶到，用枪对准跟着他的两个随从的脑袋，只听得咔嚓一声，吉恩已把韩中铭铐上。

韩中铭看到吉恩出示的警官证，觍着脸说，开始还以为是遇上土匪打劫呢。跟着他的两个也连连应和着，重复着大拿事的话。

这两人，一个叫马前卓，开车的叫马高成，是个吊眼睛。就在刚才我们枪声响起的时候，马前卓禁不住说了一句："梦应了！"韩中铭问马前卓说啥，马前卓掩饰，回答没说啥。只有马高成清楚马前卓说"梦应了"的意思。

十七年后，马高成在被公安部门抓捕后，具体交代了韩中铭七人盗猎团伙在鲸鱼湖大肆猎杀的场景。

韩中铭策划了向巍雪山方向去的冬季盗猎路线，准备进行一场疯狂的猎杀。盗猎车上有五支小口径步枪和两支半自动步枪、几万发子弹。有两辆准备装载皮子的卡车，其中一辆卡车上带了二十多桶汽油。

他们先去了卓乃湖。在卓乃湖冰面上看见一辆大卡车掉入冰窟窿，驾驶室里有一具男尸，马高成和同伴把男尸拉了上来，这人年轻，二十七八岁的样子。马高成也开车，见到死人，内心忧虑不安。他说当时就觉得一路上似乎还有什么事情要发生。韩中铭却拍拍他的肩膀说，别胡思乱想，惊喜在后面哪。

走了五六天，没有发现藏羚羊。有人说，走了这么多天都没有看到羊，不想再走。这时，马高成说，还是应该再坚持一下，大拿事的韩中铭朝他竖起大拇指。

马高成开着一辆北京吉普，沿着可可西里边缘又跑了两天。太阳西下，前面是雪山冰峰，没有去路。马高成无奈停车，韩中铭却推着他说："再坚持一下。"于是，马高成从一侧翻过一道梁子，突然眼前蹿出一只小藏羚羊，大伙惊喜，马高成说，这里肯定有羊群。几个人下车，沿着沟寻找，前面是一眼望不到头的湖面，湖水与雪山冰峰相辉映，形似一条横卧于天际的硕大鲸鱼，这就是美丽的鲸鱼湖。马高成惊叹之后，他那目光随韩中铭投向漫长的湖滩，湖滩上枯草厚实，密密匝匝的，挤满了羊，少说也有几千只藏羚羊在这里过冬。马高成说，跑了这么多天后，终于找到了冬天藏羚羊的藏身之地。有人狂喜地大声喊："我们发财了！"韩中铭看红了眼，说："这趟跑下来，值！"他让大伙自由组合，多打多得。

三辆车分布在湖滩外围，一场血腥的杀戮持续了三天三夜。

夜晚，马高成一个人开着车，带着两名枪手和一个剥羊皮的。他们将车灯远光、近光交替地拧亮，先亮远灯，藏羚羊开始看到光会跑，再打近灯时，天真的羊们就会回头。这时两个枪手跳下车来，砰砰砰，不用瞄准，挤在一起的羊纷纷倒地。跑近一看，被打死的很多是小羊。他们捡走大羊，把大羊堆到一起，然后在草皮上面浇上一圈油，点着火，他们借着火圈的光亮和暖气开始扒皮。外围一圈草皮烧尽了，羊皮也都剥了下来，扒皮后血淋淋的羊尸体仍堆在那里，倒在草丛中的小羊被烧后发出焦煳的血腥味。马高成说，自己一个人躲在吉普车里看着同伴站在火圈里剥羊皮，曾产生过这样的错觉，在这零下四十度的寒夜里，那被汽油引燃的草皮的火光与暗红色的羊血，把整个草滩都给染红了。

三四里长的草滩上数千只藏羚羊差不多被猎杀光了，其中有上千只小藏羚羊，不是和羊妈妈被一道枪杀，就是活活被烧死。也有一些羊妈妈带着小崽逃离，没有追杀的原因，是猎杀的皮子已超载。马高成两只吊眼睛闪动了一下，说，畜生和人一样，死里逃生。现场一片狼藉，汽油味里夹带着藏羚羊尸体的血腥味、草滩的焦煳味，一直在可可西里纯净的夜空里弥漫着。雪山冰峰为这些相互守望千万年的生灵流泪默哀。

就在这天夜里，马高成梦见自己躲在一个老鼠洞里，很多警察都围在洞外冲他开枪。第二天醒来以后，他对大拿事的说："咱们走吧？"韩中铭说："遍地的银子不要，你脑子进水啦？"第二天，马前卓也说做了一个梦，梦见自己一个人躲在一个老鼠洞里，很多警察都围在洞外冲着他开枪。马高成觉得奇怪，两人咋会做相同的梦？于是，心里更加恐惧不安，他和马前卓都想赶快离开这个地方，又不敢再与大拿事的说。

据事后官方调查，鲸鱼湖这场围猎是当年可可西里最大规模的一次猎杀藏羚羊的惨案。

马高成说，在卓乃湖等地，他看到的藏羚羊尸体是几十只，最多几百只，别人都没有他们在鲸鱼湖打得多，他们在鲸鱼湖打的藏羚羊尸体堆得像一座座小山。因为一辆旧卡车坏了，猎杀来的皮子都装在一辆东风大卡车上，把车厢塞满，往上堆了又堆。他看到杀死这么多藏羚羊，扒下的皮子上都带有鲜血，第一次感到心悸，有一种说不出的恐惧。

我们押着韩中铭盗猎团伙，把盗猎车辆与另外几辆盗猎车锁在一起。

吉恩望着大卡车车厢内一张紧贴一张、密密匝匝，堆得高而又高的血淋淋的藏羚羊皮，其中有一沓像羊羔皮，他不禁心内打了个战。据盗猎分子交代，车厢内堆有一千三百多张皮子。

我和格桑把韩中铭盗猎团伙八人押了过来，挨个检查，没收搜出的手枪、刀子、子弹等。马前卓对吉恩点头哈腰，仍帮着大拿事的，忽悠说："看见你一身黑皮衣，咱们以为遇上了打劫的，所以拼命开了。"

甘一平也附和着说："是嘛，咱还以为遇见了土匪强盗哩。"

我说："甘一平，你也不认识我们，是吗？"

吉恩对甘一平无语，目光里带有蔑视。

甘一平盯着吉恩，我觉得甘一平是危险人物，很想把他铐上，可是只带了三副手铐。

马前卓给吉恩递上两包烟,说:"局长,好说,您开个价,咱们私了。"

吉恩说:"你用钱来收买警察,罪加一等。"

我端着枪,让他们举手蹲在地上。

吉恩与韩中铭四目相对,他冷冷地打量这个盗猎团伙的头子,今天韩中铭不像以前在黑三角饭馆里那样气焰嚣张,原先好跩的脸色变得木然。

我叫他们跪下向藏羚羊认罪。韩中铭还不想跪,马前卓看着拿事的,也不跪。我要伸手去按他,吉恩朝我摆手,只听他说:

"韩中铭,你们杀戮了几千条生命,难道一点都不感到罪过?你还带了十几桶汽油浇在鲸鱼湖的草滩上,使与雪山、湖泊相依存的千年植被毁于一旦,你们滥杀和烧死无数小羊崽,还不感到罪过?"

他两眼朝韩中铭怒瞪着,那是一种直逼内心的目光,韩中铭随即低下头,避开了吉恩那刀子般的目光。吉恩站在一侧,一直盯住韩中铭,韩中铭跪了下来,目光向下。

"韩中铭,抬起头来面对被你杀害的藏羚羊,认罪,忏悔。"吉恩仍逼视他。

韩中铭没有反应。吉恩知道他不服,他那颗心冷漠、僵硬。吉恩抬起攥紧的拳头,又放下。他抑制住愤怒,审问起韩中铭——

吉恩:韩中铭,你对鲸鱼湖猎杀烧掠,咋做得出的?

韩中铭:我来可可西里就是打羊的。

吉恩:你对生灵就没有一点怜悯之心、忏悔之意?

韩中铭：我不懂啥叫忏悔。

吉恩：你真的不懂吗？如果你杀了人，内心很安稳，是吗？

韩中铭：你别上纲上线，这与杀人没有关系。

吉恩：你不是不懂忏悔，而是不想忏悔。

韩中铭：你问问他们，哪一个忏悔是真心的？

吉恩：鲸鱼湖被你们猎杀烧掠之后留下了千年创伤，你知道吗？

韩中铭：不知道。

吉恩：你第一眼看见与雪山冰峰相映的鲸鱼湖，不感到美吗？

韩中铭：美是空的，对我们没用。

吉恩让盗猎分子跪下，斥责韩中铭，带领同伙肆意猎杀，制造了鲸鱼湖惨案，要大伙真心诚意地认罪。之后，我和格桑把他们押上可可西里工委的大卡车，与第一次截获的十三个盗猎分子坐在一起。吉恩带着才扎西挨个车辆搜查，搜出小口径步枪十一支，子弹一万两千余发，自制火枪一支，都放进可可西里工委的吉普车内，并把枪栓与子弹盒拆开，分别放入前后坐垫下面。

吉恩的愤怒消停之后，心是柔软的。他左手捂住腹部，挥动着右手对车上二十个盗猎者做了简短的训话："因为你们违反国家有关保护野生动物的规定，猎杀藏羚羊，并且这不是初次，我们森林公安派出所行使职权抓了你们。目的是要你们提高认识和悔改，洗手不干。从现在起，你们就属于天河县管，尽管你们有罪，但只要知错认错，仍是我们的弟兄。高寒天气，道路难走，要求你们服从管理，注意防寒保暖，好好配合我们，安全到达目的地。"

"还罚款么？"马青山问。

"还拘留坐牢么？"另一个姓马的问。

"这不是我们说了算，按有关规定条文办。不过你们的认罪态度很重要。"吉恩答道。

"认罪态度好，皮子还给咱么？"马青山朝冯金来看着。

冯金来脸色发白，感到浑身无力。他以为自己得了重感冒，低垂着个脑袋再也凶不起来。

肖新建等偷笑。

吉恩无语，一阵胃痛袭来。

30

冯金来确实得了高原肺水肿。我随吉恩跑去看了，见他蔫着个脑袋费劲地咳嗽、喘气，脸面泛血色，嘴唇发紫。吉恩问要不要送医院，他低着头，说不。他大病在身还逞强。我以为吉恩去看看冯金来，已算是人道之举，没想到离开冯金来的吉普之后，他说："洛桑扎西，你送冯金来和受伤的司机去西海医院，让才扎西开车。"我听了震住，竟然还要我和才扎西去送这个双手沾满藏羚羊鲜血的盗猎团伙的头头，再说，我一直厌恶他那种狂妄，目中无人。

"我不去。"我从来没有对领导派活这么拒绝过。

吉恩像预料到我会拒绝，没变脸色。

我接着说："冯金来不听劝，死命跟我们顶着干，得了病活该。"

"不要这么想，现在救人要紧。"

吉恩耐心地说服我，不能因为他们犯错就见死不救。他还掏心窝地给我讲了在马家营实习时，冯金来母亲给他留下难忘的一件事：

"已入盛夏，我与几个实习生，白天干活一身汗，天天都要换衣洗衣。全村就一口井，乡亲们汲水大都饮用，我都是早晨去黄河边洗衣服。一天起床迟了，我跑到黄河边，舀了半脸盆水，抓住衣服匆匆搓了几下，就挤干急着走。这时，一位正洗着衣服的大妈朝我看着，她扎着一块兰花头巾，面容热情和善，说：'你着急，把衣服留下，我给你洗了晾干给你。'我心内颤动了一下，犹豫着。'白衬衫洗不掉汗迹，会留下黄斑的。'她已走了过来，我只顾朝她看着，捧住的脸盆不由自主地让她接了过去，因为我想到了阿妈，假如阿妈在世也会这样。我转身往回走，才顾得拭了拭潮湿的眼睑，大妈善良亲和的目光仍在我眼前晃动。后来，我才知道她是冯金来的母亲。离开马家营以后，我会常常想到这位黄河边系着兰花头巾的大妈。自从遇到冯金来，我想到他母亲，总想把他拉回来，又总是拉不回来。眼下，冯金来得了致命的高原病，我恍惚看见他那已年迈的母亲正盼着儿子回去呢……"

"老师别说了，我去。"我明白，如果冯金来真的病死，吉恩会一辈子感到不安。但，我又担心地说："我和才扎西走了，你成了'光杆司令'咋行？让冯金来自己派人和司机开车去吧。"

"你代表森林公安跟医院好说话。同时，他们两个不是一道的，你去可以协调，两人病好后也不至于跑掉。让才扎西跟你开车，这样安全。没关系，这里还有老井和格桑哩。"吉恩满不在乎的样子。

我说："让格桑跟着你吧。"

他说："格桑要带路。"

"你和格桑走在前面，让老井在车队后面押着。"

"洛桑扎西，你别担心我，多想想你如何安全到达西海。"

吉恩把性能最好的 77 式手枪给我，我说："不，这支手枪你用。"

"我还有一支呢。"

"那支 54 式打不响。"

"你们不会用，我能打响。"吉恩硬把他的手枪给我，"快试给我看看。"

我只得接过枪试试，说："没问题。"夜晚不能放枪。

吉恩细心教我怎样用保险，并说："不要怕手冷，二十四小时都要把枪握在手里。"

我止不住偷笑，你自个儿与盗猎分子为善，却叫我把他们当敌人，也没有必要这么紧张吧。我明白他是为我的安全着想，一想到毕竟是我打伤了司机，冯金来对我又有不满，两人在半路上实施报复，把我扔下或打死，也不是没有可能。这么一想，就觉得二十四小时握紧枪，是有必要的。吉恩考虑得十分周密。

他又低声对我说："万一他们要害你，你就还击。"接着他又说，"我想冯金来和司机不至于丧尽天良，我们毕竟是救护他们，马上我也会敲打敲打他两个。"

我都没听进，嘟囔着："我们人太少……"他独自活动，令我不放心。

"抓紧时间，我和格桑教你和才扎西如何识别方向。"吉恩打断我的话，"晚上看北极星，阴天就看地上的冰块，哪边融化得多一点的，就是南边。看到长草的地方，草棵密集一点的，是南边。所有的山与河都是东西走向。"

格桑附和着，有时也做些补充。

我从未听他讲这些，可见他平时留意观察，才有这些经验。

他一再叮嘱："记住，车子一直要向东南方向开，不要看车印，一旦迷路，车印也有可能是自己的。宁愿慢一点认准方向，也不能走错路，如果走错了五六十公里，汽油用光了，没人救你们，就会困死在半路。所以要当心再当心，千万不能迷路。"

他已一天多没有吃饭，车灯光下脸色憔悴，可是考虑起问题来，仍然目光炯炯，头脑灵光，对路上可能出现的险情都想到了，真像温厚的兄长。我说："老师，放心吧，我们不会迷路。"

"嗯，洛桑扎西脑袋瓜子灵，不会出现差错。"吉恩对我微笑着。

我不觉心内一震，他是第二次对我说这句话。第一次是在我中学毕业高考前，他看好我能考上大学，对我说了这句鼓励的话。今天他同样用这句话鼓励我，我暗自发誓，细心稳重，不能失利，远离死亡之谷。

吉恩又把兜里所有的子弹和药片都掏了出来，向我摊开着，我从他手掌里取走几颗子弹。

"老师要多保重，千万别拖垮身子。"

"嗯。"他拍拍我的肩膀说，"一定要活着出去。"

我说："老师，我在西海等你们。"

我和才扎西上了韩中铭的一辆吉普车，吉恩安排我坐后排的右边，冯金来坐副驾驶位，受伤司机坐我左边，把两人分开坐，有利于我的安全。

吉恩先对受伤司机说："你们违抗警示，踩足油门逃跑，是我让洛桑扎西警官对你的车轮开枪的，子弹崩伤你，洛桑扎西警官亲自送你去西海医院，你应该知足，不要再找他麻烦。"

司机连连说："哪能呢，领导仁慈救我……"

我低着头，眼眶都湿了。

冯金来病恹恹的，闭着眼，不停呻吟着。

吉恩敲了一下他的胳膊，说："冯金来，你也一样。洛桑扎西不计前嫌，送你去西海医院治疗，你应该感谢才是。"

冯金来下巴微微抖动，睁开眼睛，说："谢……谢谢……"

最后，吉恩又说了一句："病治好后回去吧，回去看看你妈……你爹妈。"他仍想着年轻时在黄河边帮他洗衣服的妈妈。

"嗯……"冯金来颤抖着，又是一阵咳嗽。

我能看出，吉恩此举出乎冯金来意料，他心生感激，或许还带有因往日对吉恩不恭而生的愧意。

车子开动了，我在向老师挥手告别时，眼里噙着的泪水一滴滴地滚落了下来。

离开后，我眼前晃动着吉恩拖着疲惫的身子持枪守车的身影，因为所有缴获的枪支弹药和锁车的钥匙都在吉普车内。我忘了关照格桑，叫他站岗守车，让吉恩好好合眼睡上两个小时。

接下来发生的事情，老井在场，他清楚。

"我是听格桑说吉恩为了送盗猎分子去西海医院，把洛桑扎西和司机才扎西都派走了。这咋行呢？吉恩心软仁慈，是他的优点，面对猎盗分子，这也是他的致命弱点。"老井脸色变得阴沉，"我了解吉恩，他决定了的事情，谁劝阻也没有用。不过那天夜晚，吉恩像变了一个人，变得低沉，流露出悲情。以往他习惯孤独，因为我们的思想跟不上他，他总不能一直跟我们讲他的想法，他需要有自己的空间。可是那个夜晚不一样，他说想和我说说话。我想可能是洛桑扎西和才扎西走了的原因，也可能是因为白天受了刺激，加上巍雪山夜晚也特别寒冷……"

老井就这样讲开了。

31

天空飘着星星点点的雪花，路面冻得结实，车轮有时打滑，车子跑得慢。一会儿，五人盗猎团伙的旧卡车熄火了。吉恩叫抓紧修理，司机说发动机已修过几次，这下彻底坏了，熄火不能跑了。吉恩弓下腰去仔细检查，确实再也点不着火，这咋走呢？我见他皱着眉头，眉梢上结了一层霜，寒气从旧皮夹克皱折的衣领、袖口钻了进去，可是他不觉得冷似的，迎风站着。我给他一支烟，两人站在路边抽着。

坐在大卡车上的盗猎分子一个个都裹紧大衣。冯金来走后，对二拿事的马青山上了手铐。他戴着狐皮帽，见到我，直叫双手冻僵了，腰疼得要断了，要求让他们到卡车驾驶室与小车内过夜。我说："马青山你别带头叫喊，打藏羚羊你咋不叫冷叫痛？"这时又听到他叫嚷着，带着哭腔说手要冻掉了。我翻他老账，说："马青山，你削尖脑袋干贩卖死尸的龌龊勾当，咋不说心掉了？"惹得大伙议论和窃笑，马青山不再抬头说话。

我说："还叫，有车坐，已经不错。"

吉恩却说："气温骤降，夜里他们坐在敞篷车上，确实可能冻伤甚至冻死。"

我说："拖着几十号人，负担太重，得想法子减轻负担。"

"有啥办法呀？"

"我的意见，给他们一辆大卡自己走。"

"你是说放了他们？"

"背着他们，我怕走不到底。"

"不行，不能放了他们。再说让他们这样在卡车上，恐怕会活活冻死在路上。"

"你要让他们回到小车？"

"卡车上没遮布，太冷，又下着雪，咋过夜呀？"

"对这些人仁慈不得。"

"可他们不是敌人，即使是俘虏，也不能眼睁睁看着他们被冻死。"

吉恩还是让他们回到小车和卡车驾驶室内。他决定扔下这辆开不了的破卡车，叫大伙把皮子搬到可可西里工委的卡车上。他让我给盗猎团伙的头子打开手铐，我不想打开韩中铭的手铐，他朝我看着，说："铐着韩中铭一个不妥当吧？"

我在打开三人的手铐之前，还是警告说："奉劝你们三个老老实实守规矩，配合我们顺利到达目的地，不要做出得寸进尺的恶事。"马青山点头哈腰，颤抖着说："老实守规矩。"我看不出他是感动还是冻得颤抖。韩中铭好"跩"的脸变得凝滞，即使被冻僵也没有表情，当我盯住他、等他表态时，他只是微微点了一下头。

他们一个个转身跑向自家的吉普时，马青山、甘一平、马高成等眼睛贼溜溜地浮现几分喜悦，韩中铭藏而不露，不紧不慢走在后面。

吉恩坐在吉普上，格桑开着车跑在最前面，三个盗猎团伙的吉普跟着，后面是装皮子的大卡车，我留在可可西里工委的大卡车上，走在最后。我坐在驾驶室内，看着前面一辆大卡车厢里皮子堆得老高，摇摇晃晃的，像随时都会翻车的样子。我又想，走了一天，这辆车摇晃着，上了一道坡也没翻，韩中铭那张好"跩"的脸，仿佛与皮子一道晃动着。我感到触眼生厌，下意识里竟然希望它翻车。没到一个小时，这辆车在不平的路上真的差点儿翻了。

车队停住，吉恩跑了过来。绑着的皮子一张一张贴得很紧，翻落到地面仍然是一沓一沓的。其中有一沓羊羔皮，皮上绒毛与血肉模糊一片。吉恩愣愣地看着。我提出把皮子分装到其他卡车上,他只是点头同意。我叫其他两辆卡车各来四人搬皮子,其中马青山、肖新建也来了。我吆喝着,让他们赶紧搬完皮子,继续赶路。

不一会儿,马高成、甘一平也跑了过来。我问,你们来干啥?马高成说,闲着,来看看。甘一平一向直白,说,这是咱们的皮子。他拦住搬皮子的人。

我对甘一平的举止感到惊讶,让马高成把甘一平带回去。马高成两只吊眼睛骨碌一下,说:"局长,咱东风车大半新,承载量大。"

"你们不反悔,还念着这车皮子,做梦去吧。"我气愤不已,"去把你们的头叫过来。"

吉恩仍愣愣地站在那儿,不知道他在想啥。他应该看到马高成、甘一平来阻扰搬皮子的场景,或许他相信我有能力处理眼前的问题。

马高成不敢再顶着,转身慢腾腾地往回走,像生怕踩着蚂蚁似的。甘一平去拉他,马高成把甘一平往回推,甘一平自然不甘罢休,变得气势汹汹,不让再搬散落在地上的皮子。

我厉声说:"甘一平,你想造反,是吗?"

可是,我对他不再像平时有威慑力,他正守着皮子,挡在肖新建面前,像没有听到我的话似的。肖新建看我,我说:"反了,搬!"于是肖新建等两人推开甘一平,搬起一沓皮子。甘一平血脉偾张,一脚踢翻皮子。肖新建两人不甘罢休,一人抓住甘一平的胳膊,一人抬起钉有铁片的大头鞋,朝他踢翻皮子的那条腿脚猛踹去，甘一平躲闪身子晃了一下，差点儿跌倒。没等甘一平搬起石头反扑，吉恩对空鸣枪，才制止住一场恶性斗殴。

我把韩中铭叫了过来。韩中铭开始装作不知情，等我说了以后，他走上去扇了甘一平一个耳光，说："滚回去！"我没料到韩中铭会有此举，且甘一平被他捆了，屁都不敢放。我心里明白，马高成、甘一平跑来阻挠搬皮子，不会与韩中铭这个大拿事的没有关系。

吉恩却冷眼盯着韩中铭和甘一平，直到两人离去。

吉恩对我说："他们手上沾满藏羚羊的鲜血，还好意思炫耀？"

原来他还想着格桑说的，甘一平当着大拿事的面炫耀鲸鱼湖草滩燃起的火焰与堆得像山丘般的被扒去皮的藏羚羊尸体的血光交汇在一起的景象，韩中铭很得意。吉恩不解地说："他们为什么对生灵没有一点怜悯之心？"

我说："两个冷血算是聚到一起啦。绝不放过韩中铭，要让他坐牢。"

吉恩没吱声。

我又说："要不，把韩中铭再铐起来？"

吉恩摇头，说："现在没有理由再铐他，他来也做了表面文章。"

我说："韩中铭不是省油的灯，我们对他要多加提防。"

"还惦记着猎杀来的皮子，不知悔过，这也说明对他们处罚与教育的重要。"吉恩一声叹息，"这些人也不容易，原本出来是想挣钱的，因为走错了道，落得血本无归。"

我说："你不用再同情这些人，他们一条道走到黑，只能采取法律手段。"

吉恩说："唉，他们大多是农民，怎么没有一个知错悔改的？"

我说："知错悔改的，不会跑到巍雪山来。"

吉恩郁郁不安。我以为，除了他对这些盗猎分子不觉悟之外，主要是未能阻止韩中铭盗猎团伙在鲸鱼湖疯狂猎杀。我说："你已经尽责尽力，不用为别人的罪过买单。我们四人抓住三个盗猎团伙，打击并威慑了漏网的盗猎分子，而保住太阳湖那群藏羚羊，是你守护可可西里的标志性成绩。"

吉恩点点头，说："我没有你说的那么忧郁，我也不知道自己为啥会这样。"

从这天夜晚到第二天去往太阳湖途中，吉恩像背上了十字架。

32

雪停止，风愈刮愈大，像无数把刀子刮削着半露着的脸。我带了两顶帽子，把一顶旧棉帽给了吉恩，他也戴上，不再逞强。我知道他带来了皮大衣，大概因为大卡车上盗猎分子一个个都冻得直哆嗦，他没有穿。我说："你陪着他们冻，值得么？"

他说:"嗯,我得穿上。"他从包里拿出皮大衣穿上身。我见他那胡子拉碴的脸有了些暖意,说:"你像从西伯利亚来的,吉恩斯基。"

这天车队借巍雪山挡风,歇宿在巍雪山半坡上,但仍然有掉进冰窟窿里的感觉。我们已经一天没吃东西,坡上海拔已达六千米,面疙瘩更煮不熟,每人就喝一碗夹生的面糊糊睡觉。吉恩没有吃,因为吃了夹生的东西,不仅不能消化,还增加胃的负担和疼痛。格桑把饼子让给他吃,他肚子已饿得不行,站起来头晕目眩,眼睛发黑,因而他不能不吃一点,如果倒下来就更麻烦了。他把一块饼子掰了一半,剩下半块揣入兜里,等饿得不行时就咬一口。可是平时他一顿就要吃三块饼子。

车内气温零下三十多度。大小车辆整夜不熄火,而一片轰隆隆马达声,伴随着散发出来的暖气,很快消失在四顾茫茫的冰冻世界里。在这海拔五六千米的冰冻荒凉之地,人被冻死或缺氧得高原病而死,没有神灵会看一眼,因为这里本是无人涉足的禁地。听格桑说巍雪山有干尸,是前几年来挖红金的沙娃被冻死在这里的。

小车内比大车上暖和一点,吉恩把我也叫到小车内。

他穿起新的黑色皮大衣精神多了,但还是一脸忧郁。我一时找不出话茬逗他开心,便盯住他看。

他挤出点儿笑,说:"我脸上有字吗?"

我说:"穿上这件皮大衣暖心啵?千里之外有双眼睛朝你看呢。"

他只是微微一笑。

我感到他有心事，不再逗他。

他睡不着，叫我过来，也是想说会儿话。我和格桑都用被褥把身体裹紧。吉恩还念着盗猎分子，说这些人要钱不要命，没有我们耐扛。我打断他的话，说明天上路，我们三个都在小车上吧。他"嗯"了一声，拿出烟给我一支。他要把烟给格桑，格桑坐在驾座上，我坐在他旁边的副驾座，见他已闭着眼，轻轻打起呼噜。吉恩点着烟说："我能像格桑这样能睡就好了。"

我说："你是领导，考虑问题多。"

"咳，领导？领导就领导你们两个？在这高海拔的巍雪山极寒的夜晚，身外之物变得黯淡，只剩下一颗仍在跳动的心。"

"你本来可以领导四人，洛桑扎西和才扎西被你派出去了。"

"有啥法子，派一人不安全，不得不派两个。"

"如果今夜又有盗猎分子得高原病，看来我和格桑也会被你派走。"

"完全可能。"吉恩笑着。

看得出，吉恩心里憋屈，我不再与他抬杠。

"初心友情令人心安，才是长存的。"吉恩念叨起童年和在民族中学时的情景。

"听格桑说，明天山路很难走。"

我无心回忆过去，提醒他说："再难走，六十公里总能跑到。明天在太阳湖好好休整一下，睡个好觉。"

吉恩烟头被冻灭，又捻着打火机点燃，一撮光映着他那张疲惫的胡子拉碴的脸。

我故意说："如果到不了太阳湖呢？"

"你是说山路难走还是盗猎分子闹事？"

"皆有可能。"

"老井，你别说些似是而非的话，这二者都挡不住到太阳湖歇宿。"

我不再吭声，上下眼皮开始打架，他话意未了：

"我还不想死。人生在世，处境再不好，也有享受生命的时候。即使现在，又冷又饿，抽着烟和你聊天，也是一种缓解，感到心里舒坦些。"

"好嘛，只要你内心缓解舒坦，你就把压在心内的东西统统倒出来，这里天高皇帝远。"我掐了掐眼皮子，振作起来。

"人啊，不能没有精气神，而人的精神世界很奇妙，是一片模糊和未知，有时在这片模糊和未知中，具有更大的精神空间，成为人前进的动力。我是不是被空想主义所主宰？即便现在，我仍恋着太阳湖，盼望明天尽早到达。我总认为对太阳湖的迷恋，与前几年对建造温室的兴趣不一样，建造温室最终还是物质的，对太阳湖的迷恋，则是生命精神的。我对太阳湖的这种感受是否不切实际？现在只觉得寒冷，太阳湖也是一片冰天雪地，生命却需要取暖。"

我听他说太阳湖，眼皮子又开始打架。因为我没有进入他那种体验，对他讲的感到生疏，单凭信任与两人之间的友情，不能填补思想认识上的差距，因而疲惫、困顿迅速钻了这一差距的空子。

"老井，你听我说么？"吉恩大概听到我打起呼噜，摇了摇我的肩膀。

"听着呢，听着呢。"我甩了甩头，睁大眼睛。

"老井，你不应该说泄气话，我还不想死在路上，看不见太阳湖，我不会闭上眼睛。"

我见他情绪有点异常，急忙说："哎哎，我随便说的，你别当真，明天一定会赶到太阳湖。"

吉恩这才平静下来。

"嗯，我做面片，你去湖边待着。现在可不是夏天，太阳落山就得回到车上。"我提醒道。

"我留恋夏天，可能不会再有夏天秋天来到太阳湖的感觉啰。"

吉恩见我一只脚悬着，问："有没有冻坏脚？"

经他这一提醒，我才觉得这只脚像掉了似的，说："有点麻木。"

"冻僵了，把鞋脱下来，我替你揉一揉。"

我原以为吉恩说的是关心话，没想到他真要揉，急忙说："不用不用，我自己揉。你太累，赶紧休息。"

他掀开被褥，为我腾出位置，俯下身来执意要为我揉脚。

"不不，你别冻着……"我挺不好意思，"哪能让书记揉脚哪。"

"老井，你忘记了么？打篮球你崴了脚，是我帮你揉了才不疼的。"吉恩不满我说奉承话。

"咋不记得，那时我两个住在一间教工宿舍，我都叫你'揉脚师'，你叫我笨瓜。"我接住他的话茬。

"今夜里奇冷，如果脚冻伤，明天不能走路，就误事啦。"

吉恩腾出位置等着。

"你也冻脚,笨瓜先给你揉吧。"我实在不好意思让领导揉脚。

"刚才格桑已给我揉了。"吉恩平和地看着我。

"吉恩书记怕咱们冻伤,也给我揉啦。"格桑打着鼾还听到我们说话。

"恭敬不如从命,臭脚给你。"当年我在中学时也说"臭脚给你",现在重温,只是说得有些别扭。

几个人都已一个多星期没有洗脚,我慌里慌张用手把袜子上的气味抹了抹。

吉恩摘去手套,抱住我的脚反复搓揉。昏暗的车灯下,只见他那张瘦削而疲惫的脸微微晃动着,他手指上的功夫却是那么有力到位。我酸痛了一阵子,很快腿脚血脉流通,感觉畅快。我不觉心内涌动起一种亲近和酸楚,他在连连遭受挫折的情况下,依恋中学年代那单纯朴实的友情,呈现真诚纯朴的本色,这使我俩的心靠得更近。

已经深夜十二点,格桑呼噜呼噜地睡得很熟,我又累又困,也很快睡着了。后来从被捕的盗猎分子供词中,才知道他们策划逃跑的第一套方案,是想把我们吉普车下面的机油帽拧掉,这样第二天车子开不多久机油漏掉,困住吉恩,他们就乘机逃跑。吉恩已有警惕,一夜没有睡,只是短暂地闭个眼,打个盹,他一直把冲锋枪抱在怀里,他们没有机会作案。

这次野牦牛行动,吉恩确如一头不知疲惫、不知后退的野牦牛挺立在可可西里荒原上。

33

第二天下午，这一段路突兀不平，犬牙交错，险象环生，仿佛有一种不祥之兆。车队行驶速度慢了下来，吉普车仍颠簸得厉害，吉恩身心疲惫不堪，感到头晕目眩。他已三天没吃没睡，再健壮的身体、再硬的汉子，也经不起这么拖累折磨。他要坐到可可西里工委的卡车上，大卡车比吉普车要平稳一点。

格桑把仅有的半杯水给他，他喝了一口，又递回说："有水，开车才能保持清醒头脑。"

他让我把 54 式手枪给他，我说："这支枪只能做样子，你不应该把自己的手枪给洛桑扎西。"

"77 式手枪给洛桑扎西能防身。"

"你单独行动，也需要防身。"

"这里情况没有那么严重。"

我要把冲锋枪给他，他说："这支旧 54 式，你打不响，我会用。"

吉恩硬是拿过生了锈的 54 式手枪，试了试，然后把它揣入大衣兜里。

前面已看见太阳湖，我轻松地缓了一口气。

突然听到嘭的一声，只见装满皮子的可可西里工委的大卡车车身向一边歪倒，左侧轮胎爆了。

这时格桑说了一句:"佛祖不让吉恩再往前走了。"

我说:"吉恩爬也会爬到太阳湖去。"

格桑问:"为啥?"

没等我回答,吉恩已经来到我俩跟前。他让我和格桑开着吉普车赶到前面去,领着车队到太阳湖停下,就地宿营。人手太少的窘况终于出现。我对吉恩一人留在后面不放心,让他坐吉普到前面去,身边还有个格桑。他直摇手,说他在大卡车上压阵。

我问:"要不要把两个盗猎头子铐起来?"

他说:"我看不用了,他们也一天多没吃没喝,天气这么冷……你们把武器看管好就行。"

吉恩抬头朝前面看去,眼睛发亮,说:"哦,太阳湖!等车子修好,我就去前面给他们讲一讲。你们快去吧。"他向我和格桑摆手,像往常一样果断大气。

谁会想到这一匆匆离开就成了永别。

这天是公元 1994 年 1 月 18 日,吉恩刚跨入四十岁。

格桑开着吉普赶到车队前面,没走上一刻钟,就到太阳湖。这里湖滩开阔,吉恩与我和洛桑扎西曾两次在这里宿营,而今雪花铺地,一片冷寂。这时盗猎分子从吉普车窗伸出头来嚷嚷着:"咱们要喝水,渴死了。""两天没吃没喝,身子扛不住了。"我说:"别叫了,现在就停车烧水喝。"我让格桑把吉普车掉过头停下,这样好监管盗猎团伙的大小车辆,等吉恩上来,再把他们集中到一起。我先带领人到三道沟口破冰汲水。格桑守在车上,看管武器。

太阳已落山，吉恩的车还未上来。湖边寒气逼人，我忙活完就钻入车内，格桑双腿裹着大衣坐在驾驶座上，冲锋枪抱在怀里。我透过车窗望去，未见有人下车烧水，便对格桑说："咋不见烧水？我去看看。"格桑说："嗯，渴死了，带点开水回来。"我们的煤气炉子在大卡车上。

我走近后面一辆吉普车，看见车内那个吊眼睛的马高成，拿着喷灯向一只铝杯子底部喷火，我站住，好奇地看着，说："这喷火能把水烧开么？"

"能，一会儿就开，进来暖和暖和。"

我手脚冰凉，已经两天没吃没喝，口干舌燥肚子饿。铝杯子里面的水已翻泡冒热气，撩得我喉咙痒痒的，巴不得进去喝点水，润润嗓子，暖暖身子。

马高成笑着推开车门，我就钻了进去。他说："那你稍等，水开了给你泡茶。"我想回去拿杯子，马高成却大声嚷嚷："水开啰！"

我感到有些不对劲，铝杯子里的水明明没有开，马高成却叫"水开啰"像是暗语。马高成立马灭掉喷灯，我觉察跌入他们设下的局，赶紧开车门出去，但已身不由己，两只胳膊被吊眼睛的扼住。我使劲挣脱出来，开门出去，可是身边没有枪，眼睁睁被车外两个盗猎分子截住，反勒住我的两只胳膊。

这时我意识到韩中铭设局要把可可西里工委的三人捆绑起来，他们好夺回皮子逃跑。并且脑子里闪过冯金来与我们对抗时对吉恩放出的话：有人发狠说"如果你们再挡道，就把你捆绑起来甩在路边"。当时以为是冯金来借别人之口威慑我们，没想到这伙盗猎分子真的要这么干了。我特别担心吉恩也被他们捆绑，说："吉恩书记是怎么宽待你们的？你们却利用他的仁慈宽厚，良心何在？"马高成说："你们有良心，就应该放了我们。"他挥起一个铁棒砸在我腰部，把我打倒在地。我在剧痛中呼叫格桑，马高成又用布条封住我的嘴巴，把我捆绑起来拳打脚踢一番，并用脚踩我的胸部，直到我昏迷过去。当我迷迷糊糊中有了点儿知觉时，疼痛难忍，知道被捆绑在车内，但不清楚在哪辆车内，什么也看不见。我只感到一不留神使形势发生了逆转，像掉了魂似的，悔恨不已。

后来发生的事，是第二天从格桑口里知道的。

我下车后，格桑头脑恍惚发困，突然听到有人说话："警官，给你送茶来啦。"格桑赶走瞌睡，警惕地说："我不喝茶。"但睁开眼时，只见车窗外面马青山端着开水碗，另一只手的碗里还有炒面。格桑也一样，两天没吃没喝，见马青山老实巴交的样子，就失去戒备，打开车门，两手去接水和炒面，眼看要接到手时，马青山一撒手，两只碗哗啦一声落在地上，格桑还没有反应过来，双手就被他们抓住，因为格桑腿上裹着大衣，有枪使不上劲，连人带枪被他们拖了出去，摔倒在地。这时格桑看见我也被他们拖了过来，塞进车内。一拨人又围住格桑殴打，把他打得死去活来，也扔到车上。我被反绑在后排座上，套在头上的狐皮帽蒙住了眼睛。格桑被反绑在驾驶座上，不能动弹，嘴巴被塞住，不能说话，但眼睛还能看得清楚。

只听到叮叮当当，他们把坐垫底下被缴获的枪支弹药统统拿走了。马青山是最后一个离开的，他对着我和格桑说："我们不想打死你们，只是要夺回车辆和皮子。"我伤势比格桑严重，仍在昏迷中，没听到马青山的话。格桑想要回冲锋枪，却已被拿走。

这时现场一片骚乱。

他们人手一枪，子弹上膛。五辆车子都发动了起来，退向湖边里侧五十米左右，面朝吉恩的大车开来的方向，排开半月形阵势。车灯试亮了一下，又都熄灭。

暮色降临，太阳湖边一片死寂。

吉恩坐的东风大卡车开过来了，在大约距离我们吉普车五十米的地方慢慢停了下来。我听大车司机说，吉恩没有吃饭，又过于劳累，上车以后左手一直捂住胃部。他看到态势不对，说了一句："可能出事了，唉，大意了。"他顿时振作精神，拔出54式手枪，跳下车，站在车头外侧，便于借车身做掩护。

隐蔽在车旁的盗猎分子都把枪口瞄准他。

吉恩叫喊："老井，把人集合起来，我要给大伙讲讲太阳湖……"

格桑拼命挣脱，急着叫吉恩书记不要过来，但涨红了脸也叫不出声来。我在昏迷中恍惚听到了吉恩的喊声，回想起来感到神奇。我被他们暴打得几乎休克，竟然隐约听到吉恩在叫我，要给大伙讲讲太阳湖，或许是勾起了我记忆中他看见太阳湖时说的话，身体不听我使唤，而神志却被唤醒，神经十分紧张，担心吉恩陷入盗猎分子设下的套。

吉恩来到太阳湖以后，觉察盗猎分子已经排兵布阵，大小车辆排成弧形，以打藏羚羊的阵势对付他。这一定令他心寒，令他愤怒，他可能会感到失望和战栗，但不会畏惧和后退。他在临危之中沉住气，像往常一样叫我："老井，把人集合起来，我要给大伙讲讲太阳湖……"

想必他期盼这些盗猎分子不要头脑发热，收起枪杆，我们之间不是敌对关系，不要自相残杀；

想必他要使这些盗猎分子知道，太阳湖是以布喀达坂峰这一昆仑山脉的最高雪峰为依托的原生态核心地带，每个人对这里应该有敬畏之心，避免盗猎的枪声和硝烟破坏了这一片圣地的原始寂静；

想必他要再一次规劝盗猎分子，可可西里是江河源头，江河源头的一草一木、一兽一鸟都不能动，不能为了一己私利而做有损于江河源头、有损于亿万人民的事；

想必他要警告盗猎分子，执迷不悟，戴罪逃跑，只能适得其反，他不想看到"人为财死"的悲惨下场；

或许面对他仁厚相待的盗猎兄弟，竟然以猎杀藏羚羊的阵势对付他，他内心流血，没有再往下讲。

沉寂大约有 3 分钟，有两个人影蹿了上来。

据马青山和马高成交代：当他们知道吉恩压阵的可可西里工委的东风大卡轮胎爆了的消息，马青山和另一个团伙头子提出，捆绑住小车上的两个可可西里工委成员之后，就开车逃跑。韩中铭没有同意，说必须把吉恩捆绑住，这样不仅确保离开安全，还能把那一车的皮子带走。于是，大伙就听从了韩中铭的指挥。

且说蹿上来的两个人，前面高个子的是甘一平，后面跟着的是马前卓。韩中铭派甘一平打头阵，一是因为甘一平与吉恩认识，可以麻痹吉恩；二是甘一平个头与吉恩也差不多高，更重要的是因为甘一平个性凶暴出得了手。他们已经了解到吉恩身体状况很差，在大卡车上硬撑着，韩中铭估算，派出两个人有把握生擒吉恩。

吉恩知道来者不善，在他的意识里，被盗猎分子胁迫捆绑，是莫大的耻辱，是野牦牛行动与可可西里工委保护野生动物工作的惨败。他眼前恍惚闪动着鲸鱼湖被扒去皮的无数藏羚羊的尸体与亿万年植被被焚烧的惨象，以及韩中铭、甘一平得意的狞笑。他仿佛听到一种声音：

　　　涂炭生灵，天理不容！

莫非藏羚羊无家可归的游荡的幽灵与残留的犄角骨骸里的悲鸣，惊动了上苍？

他也会想到"忧患之子正为你们的生存与安全而战"，觉得有愧，又浑身热血沸腾。

他一定会感到背后是他的心仪之地太阳湖，巍巍昆仑和布喀达坂雪峰在俯视着他，那像是上苍凝视赤子的目光。康巴汉子的勇猛、重情重义、疾恶如仇、一往无前，都一直潜藏在他的血液里。盗猎分子竟然无视他的宽厚和仁慈，无视他对他们悔过自新的期待，甚至以为他软弱可欺。这时，他血脉偾张，愤怒和激情在他内心升腾着，彰显硬汉本相。

这位逆行的孤勇者单枪匹马打响了"太阳湖保卫战"。

甘一平走近吉恩，说了一句客套话："吉恩书记，上来了？"

吉恩只是警觉地观察，没有应答。

甘一平额头上的伤疤血色刺目，阴谋写在脸上。他两眼盯住吉恩的手枪，目光中那股欲大打出手的凶暴，并没有被问候时挤出的几丝笑掩盖。

吉恩在车子右侧，如铁塔一般挺立着。他正视甘一平时威严的目光里，仍带有期望他回心转意的宽容。当甘一平猛地一把抱住他的腰部，他才把甘一平视为暴乱分子，拼尽全力嗖地一甩，转身之间开了一枪，甘一平随即倒下。后面跑上来的是马前卓，吉恩眼明手快，一转身又是一枪，马前卓见势不妙，赶紧转身往回溜，子弹落在他的大腿上。

格桑在提心吊胆中一阵惊喜，没有想到这支生了锈的旧式手枪，被吉恩用得如此自如，弹无虚发，格桑说是神在助他也。他不知道，吉恩在参加州赛马节上拿过马上步枪射击第一名。他是凭借内心里的力量的支撑，才使自身的武艺发挥得这么出色。

然而，韩中铭是有周密谋划的，生擒不成，就来最后一招，实施猎杀藏羚羊的手段：五辆大小车的灯光同时打开，把灯光都聚焦在吉恩身上，使他失去视力，以便一枪击毙。

马前卓跑回来叫喊着："他开枪把咱们的人打死了！"这时韩中铭叫马高成把车灯全部打开，并下令向吉恩开枪。

灯光下可见吉恩个头高大，身穿黑皮大衣，显得俊朗潇洒，一身凛然正气，是无须化妆的英雄豪杰的形象。格桑把吉恩的面庞都看得清清楚楚：

他一头长发，满脸胡子，盗猎车的灯光刺得他睁不开眼，而他执意瞪大眼睛，那是一种又怒又哀的眼神，是康巴硬汉不畏惧、不后退的坚毅目光，如箭一般穿透聚焦的灯光，直逼杀手内心的黑暗，令他们胆寒。尽管他已无法看向盗猎分子，但仍紧握着那把有锈斑的 54 式手枪。

十几个盗猎分子一时被镇住，听说马青山吓得内心颤抖，放下枪杆。现场静默了几十秒钟，才砰砰砰响起枪声。

吉恩已退到汽车一侧，卧倒在地，以车挡板为掩护，对准一盏盏沾满藏羚羊的血迹的车灯射击。他内心藏有对无数被猎杀的无辜生命的悲怜，他耳畔犹响着梦中那个长有犄角的大汉的祈求与无数生命的悲泣和哀号。那支生了锈的老式手枪，愤怒地喷发，盗猎车的一盏盏车灯被击灭。韩中铭又叫人将还亮着的车灯都熄灭，现场一片黑暗。两个盗猎团伙的十几条枪又在黑暗中砰砰砰打了一刻多钟，吉恩在乱枪的密集射击中，右大腿动脉中弹。然而，他手枪中的子弹仍砰砰地呼啸着，他分明要把盗猎者的喋血车灯统统击碎，似乎不把这些喋血的车灯统统打掉，他无颜面对太阳湖和布喀达坂雪峰。

最后一颗子弹击碎了盗猎车的风挡玻璃，躲在车后的韩中铭惊悚地趴在地上。

枪声停了。

吉恩左腿跪倒在地，枪膛里子弹已经打光。他硬是摸出衣兜里剩余的一粒子弹，但再也推不上枪膛，他的身子已不能动弹，左手犹捂着胃部，地上还落有几粒止痛片。吉恩生命停止以后，双目仍然瞪着，紧握着枪。

盗猎分子不敢接近吉恩，惶恐之中顾不得皮子，钻进小车内逃跑了。

早半夜，我逃出来以后，捡到一把马刀握着，赶紧过来，只见吉恩冻成了冰人，头发胡须都成了冰凌，他跪立在太阳湖边，手里仍握着带有锈斑的 54 式手枪。

我跪在他面前，捶胸自责，痛哭着说："老吉，都怪我麻痹大意，没有打好前哨，对不起你！"我恍惚听到吉恩说："但愿我死后形势会有好转，别悲观，继续干下去，光明就在坚持之中。"

吉恩嘉措牺牲后，很长一段时间，在可可西里很少再听到枪声。

州、县政府接受了我和洛桑扎西的建议，在吉恩嘉措牺牲的地方立了塑像，让他面对生前依恋的太阳湖和布喀达坂雪峰得以安息。

34

老井眼圈红了，抬手擦拭了一下眼角。

那天，我在西宁找到中医院病房，才见到老井，他在可可西里犯下的腿膝关节炎发作，住进医院。我知道在吉恩牺牲后，他又配合巴桑旺杰在野牦牛队干了五年，称得上可可西里工委的元老。妻子说他"带了一双老寒腿回来"。老井坦率地说："我是看在吉恩的遗愿和老同学的情分上，才继续干的。他走了，生前说的话也打了水漂……"老婆拉了拉他的衣角，他不再往下说。我理解老井的心情，庆幸他有个能依靠的老婆。老井也提到洛桑扎西辞职的事，我知道洛桑扎西成立了保护三江源的民间组织。他那活跃的思想与不俗的仪表，已能说明他选择与众不同的道路的理由，或许与吉恩曾说过不要把官看得太重也有关。我说，洛桑扎西辞官做民间公益，也是在继承老师的遗志。老井应和着称"是"。

我问有没有料到吉恩对盗猎分子的宽厚慈悲与期待会埋下隐患，老井说心内隐隐有一点，没有料到会发生枪战。我琢磨着，如果冯金来在场会怎样？老井只是说，这小子命好。

冯金来在西海医院挂了一个星期的水，病情好转，医生还要他住一个星期服药恢复。可是冯金来听到吉恩在太阳湖枪击案中牺牲的消息后，感到惧怕，提前离开了医院，开始了十七年的逃亡生活。他是公安部门追捕的十八名嫌疑犯、三个盗猎团伙的头子之一。2011年5月26日，公安部追捕逃犯的大网撒向全国，三名主犯之一的韩中铭被判死刑，嫌犯甘一平当场被击毙，嫌犯韩三果仍在逃。冯金来回来自首，公安部门鉴于他没有参加对吉恩的枪击案而未逮捕立案。冯金来从公安部门出来时，脸上露出得意的笑。他庆幸得了肺水肿离开被押送的队伍，逃得一劫。后来脸上笑容又消失了，大概是想到吉恩为送他和大车司机就医，把身边秘书和司机都派了出来，才导致遭到暗算。洛桑扎西也给他讲了吉恩一直记着受过他母亲善待的事，从没对他有过恶意，一直期盼他迷途知返。冯金来两眼木愣，惧怕，总感到有一颗子弹朝他飞来。

那时，老井配合州公安、法院侦破案情，知道冯金来的情况。他逃亡十七年，没有给家里打过一次电话。听说他出逃前夜里回过一趟家，大概也记着吉恩遗嘱，回家看看妈妈。但看见村上有几个穿警服的，没敢敲门进屋，躲入后山树林待了一会儿，就走了。

而今冯金来回到家里，高兴不起来。母亲为他哭瞎双眼，瘫痪多年忧伤离去。儿子长大了，不认他。他蹲在堂屋前，面对记者缄口不语。十七年后，冯金来完全变了一个人，他变得木愣，变得苍老，一撮花白的山羊胡子在风中颤抖。屋内妻子哭诉着："你一走无踪影，十七年你不给家里音信，现在回来做啥？"

这个时候，即使有人把刀架在他的脖子上，他也不会反抗，只觉得能留下一条命，已是侥幸。他的心虽然麻木，也有隐痛，只有在母亲坟前，才会绽开一条缝隙，哭出声流出泪来。他抱住母亲坟头，悔恨不已："妈，儿子对不起您。"他泪水流完，出声和妈交谈，称吉恩是好人，恍惚看见妈点头说，这个藏族小伙子，看面相就是好人。他把洛桑扎西讲的，又告诉妈。妈妈说，亏他还记着。儿子，你要学人家，不要走歪道，正派做人，懂得感恩。他不敢再往下说，怕使母亲亡灵不安，但一个清晰的意念跳了出来：要去祭拜吉恩。他跪在母亲坟前，只是说："妈，我会的。我连累了全家，从今往后我要把这个家支撑起来，带着儿子走正道，开拉面馆赚钱。"

冯金来骨子里那股劲儿，如枯枝返青，又冒了出来。

冯金来想起自己应了当年在杏子家的一句调侃，脸上皱褶里满是自嘲。

这天是杏子公公60岁生日，他和老二来祝寿，也是陪老二相亲。兄弟两个带着红包，老二提着半边羊，走进院子。杏子扎着头巾，系着围裙，正在公婆屋里灶边做拉面，动作麻利。

马大宝爹妈见到贺礼，嘴唇直打战，不知说啥好。杏子说，咱不能收这么厚的礼。冯金来说，不用客气，我刚回来，陪尕哥过来为你爹祝寿，顺便看看你。杏子说，谢谢尕兄弟关心照顾。杏子长得顺眼又贤惠，而今马大宝已走，冯金来不由动心地看了她一眼。在杏子心目中冯金来是仗义之人，她低着头，对他心怀感激。冯金来心里说，你嫁尕哥合适，我做不到像尕哥那样与你一道带孩子，服侍公婆。老二像一尊弥来佛坐着不动，两眼愣愣地看着杏子。冯金来咳嗽了一声，他才收回目光，开口说："你拉面拉得带劲。"

原来老二一直在看杏子拉面。

杏子说："没有其他本事，只会拉面做针线活。"

冯金来说："女人家还要啥本事，今儿尝尝你做的寿面。"

杏子说："没菜哈，就吃羊肉面。咱女人手力不够，你们兄弟拉面一定比咱强。"

"尕哥是拉面能手，我家吃面都是他做。"

没等冯金来开口，老二已站起身，撸起袖子，洗洗手，拿起杏子揉的面团放手甩拉起来。我看傻了眼，老二在家没有这么使劲，拉得漂亮。我明白他是拉给杏子看的。杏子注视的眼神，羡慕中生出情来。

冯金来见老二和杏子做起拉面，配合默契，天生一对。他称赞说："你们能开拉面馆啦。"

杏子说："嗯，他面拉得有功夫，吃起来滑溜有筋道，不会比馆子里差。"

冯金来笑着说："你们开拉面馆，到时我去蹭碗面吃。"

老二和杏子结婚后，去县城开了拉面馆。如今在县城买了房子，把公婆也接进城里住。冯金来不会拉面，儿子跟着二叔做帮手，打算自立门户，他让爹向二叔借一笔钱。冯金来拉不下脸面，被儿子逼得没法，只得低头去县城老二拉面馆"蹭碗面吃"。杏子还念着昔日情义，促成老二借给他10万，儿子正忙着拉面馆开张。

昨天，老二知道他要去祭拜吉恩，特地给了他一千块。冯金来写了借条，老二说不用还，你代我向吉恩祭拜就可。冯金来说："现在我虽然成了穷光蛋，但不能失去骨气，这借条逼着我去挣钱。我想爹妈在世也会要我这么做。再说我的命是吉恩给的，拿你的钱去祭拜，岂不说明我心不诚？"老二知道他去爹妈坟上痛哭了一场，收下借条。

再过几天就是清明节，冯金来带着纸钱和老酒，专程去了昆仑山口吉恩纪念碑前祭拜。从马家营到昆仑山口有一千多公里，一路搭车走了三四天。到西海已是第三天晚上，第四天就是清明节。他一下火车就跑向青藏公路，在路边等了一个多小时，爬上一辆货车，来到昆仑山口，已是深夜十二点多。夜里黑乎乎的，什么都看不清楚，只见吉恩纪念碑四周一片白色，是人们祭献的哈达。冯金来坐在距离哈达一米左右的地上，等待天明。

虽已立春，青藏高原夜晚还是零下十几度。他已习惯挨冻，穿了二十多年的破黄大衣棉絮早已似铁，却并不觉得冷。然而，他一刻也合不上眼。公路那边就是可可西里，如今已是可可西里国家级自然保护区，一片宁静，再也听不到偷猎的枪声。冯金来心里挥之不去的，仍然是筑有土碉堡的金场，是被扒了皮的藏羚羊尸体……他在这一片荒原上淘金、猎杀七年，加上逃亡十七年，他的青壮年时光就这样过去了。七年放纵，换来十七年的恐惧，他感到像做了一场噩梦一样。

那颗不明的子弹，仿佛尾随着他。

突然又是一阵寒风吹来，钻进他的脖子、袖口，他禁不住颤抖起来。气候再冷，他在吉恩纪念碑前也能忍受，权当老天爷对自己的惩罚。他恐惧颤抖，头脑却变得十分清醒，感觉和意念不再麻木。

他在自责和忏悔中熬到天亮。

岁月不饶人，他不再是十七八年前的自己，稍一受风寒，就腿脚抽筋，麻木疼痛，不能动弹。他咬着牙揉了好一会儿，才站起身。奇怪而令他有几分惊喜的是，他的肤觉变得灵敏了，不再像以往肉体对冷暖也变得迟钝。他振作起精神，有一种卸去重负的轻松，那颗总是向他飞来的子弹消失了。他感到是吉恩为他赶走了这颗子弹，却又恍惚听到吉恩哈哈大笑，说：这颗子弹似手术刀拯救了你。

高原的晨光明亮地照射着吉恩纪念碑，它像一位英勇的卫士屹立在昆仑山口。冯金来知道吉恩死时才四十岁，自己比他小十岁，而今自己已经衰老，吉恩却永远年轻地屹立着。

冯金来驼着背，吃力地仰起脖子看吉恩纪念碑，看吉恩穿着西装、留着胡须、微笑着的遗像。他印象中的吉恩是身材高大、一脸胡楂和严肃的藏族干部，没有见到他笑过。他想多看几眼，但脖子和腰杆不让他再看下去，只得低下头来。他从破旧的旅行包里拿出一刀纸和一瓶酒，摆出酒碗。他先跪下，仰起脸说：

"吉恩书记，冯金来看你来了。你生前为了保护可可西里，两袖清风，今天是清明节，我专程赶来为你烧纸钱，让你在天堂有钱用。十八年前，我年轻狂妄，思想狭隘，不听你劝，还误解你，请你原谅。而在我病危时，你不计前嫌，宽厚仁慈，不顾自身安危，派出你贴身的人送我和受伤的司机去西海医院，也使我逃过一劫。我和司机都活着，你却死了。这一大恩大德，冯金来终生不会忘记。"

冯金来说完，双手捧起酒碗，然后把酒洒在碑前。

接下来，他开始烧纸钱。清风吹起，纸灰在半空中盘旋着，冯金来眯起已有深深鱼尾纹的眼睛，说："吉恩书记欢喜啦……"

最后，冯金来说：

"我和大儿子已筹钱在县城里开拉面馆，到时挣了钱，我父子两个开车去太阳湖，到你墓上祭拜。等有了积蓄，我打算为保护可可西里的藏羚羊尽一份心意，也是赎罪。"冯金来环视四周就他一人，声音很大，像是一定要让吉恩听到。

35

次仁旺堆在说唱中对吉恩嘉措之死有不一样的描述，我做些言辞变通，一并载入，也与开始篇相照应。

次仁旺堆从洛桑扎西嘴里得知，吉恩嘉措依恋太阳湖，对昆仑山主峰布喀达坂雪峰无限虔诚和敬畏，这在次仁旺堆意料之中。吉恩嘉措会像守护神一样守护太阳湖和昆仑雪峰。

吉恩嘉措生来尊崇草木白石，亲近鸟兽。奶奶背着他去佛寺，背着他转山转水。奶奶转山时，捡了一块白石给他，说："白石在上！"奶奶知道五岁的孙儿听不懂她的话，但见孙儿如获至宝，又要了几块，藏在衣兜里。他留着一块捧在手里，走过玛尼堆时，学着奶奶把白石放上玛尼堆。他看见玛尼堆顶上摆有一个牦牛头，没等奶奶给他讲，他就拢住双手做出尊崇的姿势。奶奶常常在人前夸奖，我家孙儿没人教他，他就知道尊崇草木生灵。

吉恩嘉措八岁就带着阿妹出去放羊，晚上常常是背着阿妹，赶着羊群回来。有一天天黑了兄妹俩还没有回来，奶奶站在帐篷外面等着，一直等到好多帐篷的灯都熄了，他才背着已睡着的阿妹，一瘸一拐地走回来。原来为了找回丢失的一只羊耽误了时间，他还摔了一跤把脚崴了。奶奶赶紧把他搀进帐篷，放下阿妹。奶奶拿出两块糌粑，说："你饿坏了，快吃吧！"

他却说："奶奶，这是阿库给你吃的，我不饿。"

奶奶说："莫拉已吃过晚饭。看你瘦成这个样子，还不饿？"

灯光下，只见他皮包骨头挑着个大脑袋。他却说："山那边草肥水清，可美啦，我成天待着也不觉得饿。"

奶奶说："你都成精了，变成牛羊马了，光吃草根咋行？"

他却说："我望着草叶就有精神。青草也微笑着看我，叫我吃哩。"

奶奶说："你听到了？"

"嗯。青草说，我们是好朋友，不说假话不耍赖，以诚相见，与人为善，相互帮衬。青草还说，你也是草根出身，不要忘本，永远保持草木本色。"

他说完一口把糌粑吞了。

奶奶禁不住撩起衣角擦泪。

他说："莫拉，嘉洛草原好美呀，我真想变成一株青草，或者变成向青草垂首的一匹马。"

奶奶说："你是草木投的胎。"

众生啊，生死轮回。众生之诸业，百劫不毁坏，因缘聚合时，其果定成熟。善业的力量大，人子啊，懂得感恩，虔诚地躬身大地。与鸟兽草木众生灵友好相处……

啊，莽莽昆仑，神话世界的中心，是诸神和巫师上下于天地之间的阶梯，也是佛教修行者向往的灵山圣境，登上昆仑这天地阶梯，可以直达天界得道成仙。

啊，莽莽昆仑，龙脉的发源地，是生气之源，物本之源。昆仑之巅的神圣光芒，照亮鸿蒙沆茫，于是有了盘古开天辟地。布喀达坂雪峰的光芒，永恒神圣，照耀着可可西里，照耀着神州，照耀着过去，照耀着未来。

温柔端庄的太阳湖呀，寂静如初。可可西里的湖泊草滩因有藏羚羊聚集产崽而显得柔软，草色青青或枯黄是季节轮回的表征。藏羚羊那弯弯长长的犄角是通灵的神器，佛祖赐予这一族本真善良的黑眼睛。远处河谷里的大牦牛是愚钝之神，它安然垂首预示大地和平。冰封的蓝色湖面一旦被打破，就会失去靓影失去灵气。

昆仑诸神缺席，每一块石头都映着铁青的脸。

忧患之子啊，仰望着布喀达坂峰，仿佛听到一个声音："只有对冻龄女神具有虔诚之爱与敬畏之心，才能保持她的神秘和美丽，期盼世界恒久的寂静安宁。有这种爱、敬畏与期盼的人，没有任何东西能够使他动摇，虽然四面有惊涛骇浪，电劈雷击，可是你的心仍有恒久的平安。这种平安不属于庸俗世界，也不是庸俗世界所能够夺去的。然而很多俗人所追求的，是他们被金钱所驱使的花花世界，这就是我们为什么安宁，而他们经不住狂风雷击，像落叶一样飘摇不定。"

也因为吉恩嘉措心内藏有童年崇拜的英雄格萨尔王，一个人上演了保卫太阳湖保卫可可西里的威武雄壮的一幕。他仿佛看见布喀达坂雪峰默默依恋人间，露着亲和的微笑。

这一天，老阿爸突然听到哐啷一声，堂屋里装着吉恩嘉措照片的相框掉落在地上。老阿爸不安地嚷嚷："吉恩嘉措……"

这一天，拉琼爷爷仿佛听到太阳湖的枪声，一颗带血的子弹向他飞来，老人惊呼一声："昆仑山神保佑！"随即断了气，魂灵飘忽而去。

藏族乡亲们为吉恩嘉措举行了火葬。1994年2月12日，贡萨寺大活佛秋吉大师主持葬礼，宗吉大师亲自做了法事，并主持带领四百多名喇嘛诵经，超度亡灵。在县城边一块草场，出现第一块为吉恩嘉措祈祷的刻有经文的玛尼石，一个晚上聚成上千块白石的玛尼堆。老人们说吉恩嘉措的灵魂已升入天堂。也有人说吉恩嘉措初心未变，魂归嘉洛草原。或许他又衔着草叶，仰望蓝天白云，听溪流淙淙，成了守护在通天河边的一株青草，乌云来袭时，也会变为一匹骏马。

然而，可可西里的藏羚羊不会忘记这位"忧患之子"。在藏羚羊纯真的黑眼睛里，这位"忧患之子"一直守护在它们身边，不会死去。他守护着可可西里恒久的平安和寂静。

天地与我同根，万物与我一体。当黑夜覆盖太阳湖，布喀达坂雪峰显出一片神性的光明，天地间唯有生气在游荡。这种氤氲充盈的生气，从水里、石头里升起，从土块里、草木植被里升起，从鸟兽的翅膀足底升起，高高地飘向苍穹，又从天空、从神山之巅降落下来，在大地上，在山水木石间游荡，如此升降循环不止。人类的身体包括骨骼、血液以及呼吸，都受着这种游荡在大地和山水木石间的生气的滋养，如同那座神赐荒原的沸泉，受过沸泉洗礼过的人啊，气血充盈，心明眼亮。你可曾看见，可可西里有一个与氤氲充盈之气一道飘荡的生动魂灵？

2022 年 10 月初稿

2024 年 12 月定稿

后 记

2004 年暑期，我离开都市漂泊西藏。到了格尔木，有幸搭上驴友顺风车，沿着青藏公路一路看过去。在昆仑山口停车饮了昆仑山泉之后，向前就进入可可西里。我对眼前的一片荒原，并未太多留意，而是被远处雪峰之巅飘忽的灵秀之气所吸引。尤其是临近唐古拉山临近姜古迪如、格拉丹东等江源区的著名雪峰时，只见乌云低垂，岚气涌动，透露着背后一股灵气、一片亮色。仿佛乌云是一扇门，岚气把门打开，让生命与灵魂接近那股灵气那片亮色。我感到虽然陌生，却很奇妙很亲近。我由此写了一首诗《7 月 22 日沱沱河沉睡之夜》，诗中有这样一节：

远（源）水解渴。

我在荒寂中沉睡。

谁与我共享前世纪的夜色走进忘川彼岸？

在沱沱河能够见到天人合一的自然奇观，与整个青藏高原的自然生态有关。我在青藏高原行走了四十余天，从藏东沿着雅鲁藏布江溯源而上，最后登上冈仁波齐神山。

藏东高原一片绿色，林木葱茏，被称为"西藏江南"，而在今日江南很难见到这样自生自长的原始自然。我有一种久违的感觉，身心受到滋润。在米林县派村，我坐在雅鲁藏布江边，久久沉浸于草木的清醇气息与滔滔不绝的清澈水流的气息之中。我一整天徜徉在去往墨脱的山路上，崎岖的山路两边是原始森林，这里是常绿阔叶林带，生长着香樟、楠木、木荷、含笑、木莲等。每一片枝叶都绿得纯正，每一朵花的色香、每一声鸟的鸣叫，都是一种洗礼。我觉得浑身有了活力，神清气爽，恍惚有一种新鲜纯正之气进入体内，冲击了滞留在体内的疲软与僵化的东西。

阿里高原连接着冈底斯山脉，一片荒芜。冈仁波齐是西藏佛教、耆那教、苯教三大教派共同尊崇的神山。我随朝圣者徒步转山，外圈56公里，一路观看神山之四面，聆听藏族姑娘高亢而苍凉的歌声，这堪称藏族原生态的歌声，直逼我的心灵。宗教信仰是灵魂的依托，我虽然没有这种修行，但对喇嘛和佛教徒还是投以敬重的目光。第二天早晨，当我登上6138米的卓玛拉山口，看到一片夺目的光在雪峰背后缓缓向上攀升，从终年被积雪覆盖的八瓣莲冠似的峰巅，斜射下褐色、蓝色、紫色等多种光带，渐渐变淡，化为紫色的雾气。这一神奇的自然景观中又带有神山不可接近的神秘，我久久立于淡淡的紫色的雾气中。来到玛旁雍错，我痴迷于有白云倒影的蓝色湖面及湖心那只白鸟，白鸟仿佛伫立于一朵白云之上。我明明知道这是圣湖佛的意境或氛围，却偏偏把这只白鸟想象为人性返璞归真的标示。这也因为我接触过藏族同胞，他们还保持着纯朴的本性，这在物欲横流的经济发达地区是稀缺的。离开冈仁波齐和玛旁雍错，向西便进入札达古老的黄土地。狮泉河岸、象泉河岸40里长的土林蜿蜒连绵，耸立了几万年的黄土奇观，那些由黄土构成的幻象，宛若远古的神话世界。我对黄土有一种天生的亲近感，尤其是走在干涸的河岸与废寺之间，仿佛时间如流水冲去了一切色彩，裸露着黄土暖暖的本相，我在寥廓中仿佛看见黄土先祖的拙相真容。我有一种"回家"之感，禁不住抱住黄土痛哭。我觉得这里是安置灵魂的地方。

这次行旅是一次生命与灵魂之旅。自此，我对西部有了一种家园感。也正是出于这种体验，我对可可西里这一片江河源地曾遭受淘金、猎杀的破坏引起警示，对不计个人得失、在保护可可西里的藏羚羊中牺牲的索南达杰、扎巴多杰，充满由衷的敬意。

人类永远离不开自然，而可可西里是自然之母。可可西里是世界上面积最大、海拔最高的原始生态自然区，是三江（长江、黄河、澜沧江）之源，因其地理位置之重要，有人称其为"地球之肾"。我在一篇散文中说过，可可西里是人类生命依存的隐喻，其中包含着返归本真之意。自然生命或天性，是无为的自由自足体。比如唐古拉点地梅，绿丛中开的小白花，坦露自在，味淡悠长；比如藏羚羊有着孩童般的黑眼睛，从不知道躲避危险。人类只有守住本心，才有彰显人性高贵的可能。在源地，可以获得本真的愉悦的生命体验。

我对传奇人物吉恩嘉措的创作灵感，始于此。

可可西里本是不可涉足的无人区，无所谓人物传奇。自从上个世纪八十年代初，有了淘金者、盗猎者先后入侵，便有了可可西里的守护者，便有了吉恩嘉措的传奇。在蒙文中可可西里意译为"美丽的少女"。本书题为可可西里传奇，实属吉恩嘉措对"美丽的少女"不幸遭遇的救助。因而，可可西里传奇不同于古今诸多传奇可以挥意想象，纵横驰骋，如果这样挥意为之，会越出可可西里的天空。可可西里传奇，虽然需要在艺术虚构中使人物原型得以生长拓展，但仍依循着曾经发生的人物事件的尺度与矛盾冲突的结局。可以说，本书人物形象及其传奇故事是在虚构与非虚构之间跳舞。

也正鉴于此，本书尽力还原历史真相。为了解和熟悉索南达杰及其事件的真相，我多次去青海，与健在的西部工委成员靳炎祖、扎西多杰不止一次地进行过深入交谈，我们在聊天中成了朋友。我走访了索南达杰的家人，尤其是他的妹妹白玛。白玛又是后来野牦牛队队长扎巴多杰的妻子，她很健谈，给我打开了藏族家庭之门。我在治多这个海拔 4673 米的高原小镇住了半个多月，接触和感受了藏族人的生活细节、习俗与信仰。我在玉树藏族自治州观看过赛马节，特别留意康巴男人的穿着仪表与策马奔驰的英姿，想象着当年索南达杰、扎巴多杰参加赛马的情景，两人都是赛马场上的佼佼者。我还专程去了海东地区化隆县，走访了一名曾参与太阳湖枪战的盗猎分子，他逃亡 20 年后回来自首而被释放。我在位于黄河岸边的则塘村住了一个星期。这一带有淘金传统，村上人多地少，贫困，沙娃们为了挣钱，奔赴可可西里淘金。他们没有环保意识，乡里领导也鼓励他们去可可西里淘金发财致富。

治多县位于通天河岸嘉洛草原。嘉洛草原记载了生活在这里的藏族同胞的历史。他们一代代人的生命岁月都托付于这片山水草地。游牧民族"逐水草而居"，对未来的期盼离不开与草木鸟兽相亲相依。嘉洛儿女血脉里的基因，支撑其对现代环保意识的前瞻姿态。

美国后现代思想家大卫·格里芬将人与自然之间的联系，视为一种"亲情关系"，是"拥有一种在家园感"。并要以"这种后现代精神取代现代人的统治欲与占有欲"。如果说上个世纪八九十年代可可西里遭受淘金、盗猎的破坏，是这种"统治欲与占有欲"的反映，那么，能够担当起这种"取代"式的人物角色，在当时环境里，他无疑也是"众人皆醉我独醒"的"逆行者"、孤勇者，于是留下了"可可西里传奇"。

2024.12.24 于南京东秦淮河畔